KB069766

DENMA 9

© 양영순, 2019

초판 1쇄 발행일 2019년 4월 30일
초판 2쇄 발행일 2023년 3월 24일

지은이   양영순
채색   홍승희
펴낸이   정은영
펴낸곳   (주)자음과모음
출판등록   2001년 11월 28일 제2001-000259호
주소   10881 경기도 파주시 회동길 325-20
전화   편집부 (02)324-2347, 경영지원부 (02)325-6047
팩스   편집부 (02)324-2348, 경영지원부 (02)2648-1311
E-mail   neofiction@jamobook.com

ISBN 979-11-5740-325-7 (04810)
     979-11-5740-100-0 (set)

이 책에 실린 내용은 2010년 7월 30일부터 2011년 1월 7일까지 네이버웹툰을 통해 연재됐습니다.

DENMA

THE
QUANX

9

양영순

네오카툰

콴의 냉장고

……

그렇게 돌려서 이야기하는 거 질색이야.

네?

그러니까 나한테 원하는 게 뭔데?

아…

……

지금까지 전부 말씀드렸는데…

다시 말씀드리지만 종단 사업을 꾸리는 데 고산가와는 한계가 있어서요.

그래서 새로운 파트너를…

어떤 한계?

끄응…

그러니까 고산가와 손잡은 사실이 퍼지면서

많은 귀족들이 사업상의 이익을 기대하며

패트론으로 새로 입교해 들어 왔거든요.

고산가에 줄을 댈 기회로 여긴 겁니다. 하지만 눈앞에 보이는 이익은

좀처럼 자기 손에 들어오지 않았고 대부분…

오히려 투자를 유도당한 뒤 빚더미를 안게 됐습니다.

항의 의사를 밝히면 경호대와 마주쳐야 했고요.

고산에게 털리고 종단에서 탈퇴한 많은 귀족들이

자신이 당한 일을 퍼뜨리게 되면서

덩달아 종단에 대한 근거 없는 비방과 모함들도 늘어나

최근엔 문을 닫는 교구까지 생겼습니다.

이런 상황이다 보니…

그래서?

그래서 새 파트너가 돼주면 우리한테 뭘 줄 건데?

네?

그… 그러니까 여러 가지 동반 사업들로 공동의 이익을 창출…

공동의 이익? 우린 이미 충분해. 아쉬운 건 너희야.

그럼 너희가 내민 손을 붙잡을 만한 뭔가를 들고 왔어야지.

그런 도둑놈 심보로 사업을 벌이니 사이비 소리를 듣는 거야.

게다가 너희 같은 졸개들을 보내는 무례함 이라니…

난 너희에게 세 번의 기회를 줬던 거야.

우리와 협상하고 싶으면 앞으로는 너희 주교가 직접 나서야 할 거야.

마빈, 쟤들 내보내.

이번 미팅 건도 스케줄 표에서 지워버려.

…라고 말씀하셨습니다.

도청은 따로 필요 없는 상황 이었고요.

……

종단과 데바림… 대립하는 양쪽에서

동시에 손을 내밀고 있어.

내 사사로운 호기심이 뜻밖의 전개를 만든 게로군.

둘 중 하나의 손을 잡아야 할 상황이 되려나?

네, 하즈 님.

그 데바림의 수장이라는 자…

지금 당장 내 앞으로 데려와.

내 마음의 여유를 빼앗았으니, 날 놀린 거라면 가만두지 않겠어.

......

저게 너희 회사 전사체라고?

그래, 냉장고 입구에 있던 머리 잘린 쾽들도 아마 저게…

전사체…

어떻게…

어떻게 이렇게까지…

사람을 몰아붙이는 거야? 이런 개 같은 경우가…

우읍…

......

우에에엑…

응?

슉슉

콕 콕

아놔, 저 미친 인간이… 얘기를 해줬건만…

쾽 전문가라더니 지금 무슨 짓거릴…

툭 툭

......

그렇군…

슉슉

!

긴장 풀어.

기능이 정지된 상태야.

기능 정지…?

아마도 이곳에 갇힌 뒤 자기 짝꿍을 잃은 것 같아.

짝꿍이라니?

너도 알잖아. 전사체라는 거, 쾽의 일대일 대응체…

똑같은 모양이지만 저것들 하나하나가

특정한 누군가와 짝을 이룬단 말야.

다시 말해 전사체라는 건

초전사체나 전사체 컨트롤러라 불리는 것들이 물리적 오류를 인지하는 현상이야.

그들은 쾽을 뚫린 구멍으로 인식한다고 해.

그리고 그걸 메꿀 만한 이미지를

자신만의 표상으로 실체화하는 기이한 능력을 가진 거지.

전사체는 내면의 표상이 실체가 된 염상체인 거야.

…뭔 개소리야?

인지 영역 안에 있던 쾽이 죽어서

뚫린 구멍이 메꿔져버리면

해당 전사체의 실체도 이내 사라지는 게 정상이야.

그런데…

여기 냉장고 안은 닫히면 양자 통신도 끊겨버리는

무시무시한 공간.

일반적으로 크기가 큰 사물 쾽은 전사체를 만들 수가 없어.

압도적인 오류를 메꾸려면 과부하가 걸리기 때문이야.

호기심 많은 녀석들이 이런 사물 쾽의

전사체를 만들 수 있다고 가정하고

어떤 일이 일어날지 시뮬레이션 한 결과가 있어.

놀랍게도 물리적 오류의 범위가 어떤 수치를 넘어서면 사물 쾽과 전사체가 결합할 때

엄청난 폭발을 일으킨대.

행성 하나를 거뜬히 날릴 정도의…

……

지금…

뭐라는 거냐?
응?

켁!

그래서?
안전하단 얘기야?

기능 정지가
아니라면 쿵을
눈앞에 두고도
저렇게 가만
있겠어?

웃기지 마!
저것들 당장이라도
꿈틀거릴 것
같다고!

냉장고 입구에
머리만 남아 있던
너희 회사 쿵들…

자신들의
짝꿍 전사체와 함께
이곳에 들어온 게
틀림없어.

컨트롤러와
연결이 단절된
전사체는

여기 있는 동안
쿵을 치우는
본능에만 충실했을
거고.

다시 말하지만
여긴 양자 통신마저
끊기는 공간…

짝꿍 쿵이
죽으면 컨트롤러가
만들어낸 전사체는
사라지는데

전사체
컨트롤러가 쿵의
죽음, 즉 물리적 오류가
사라진 걸 인지하지
못하기 때문에

저렇게
기능이 정지된
상태로 남게 되는
거란 말이지.

사라질 수도
움직일 수도 없는
상태, 오케이?

……

……

이상해.

뭐가?

그럼 쿵 머리들…
누가 모아놓은 거지?

당신 말대로라면
쿵의 머리와 몸통…
전사체들까지 여기저기
흩어져 있어야 하는 거
아닌가?

10

쿵들은 살려고
도망다녔을 거고

그것들을 쫓던
전사체들은

다른 전사체에 의해
자기 짝궁 쿵이 죽는
순간,

당신 말대로
기능이 정지돼
그 자리에 멈췄을
거란 말이야.

......

입구에 있던
거미 로봇들이
그랬을까?

제삼자가 머리를
모아놓는다는 거…
어쩐지 어색해.

무엇보다
모든 전사체가
멈추려면

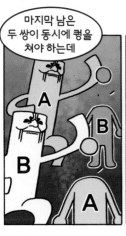

마지막 남은
두 쌍이 동시에 쿵을
쳐야 하는데

쿵 사냥이라는
소란 속에서… 너무
부자연스럽잖아.

......

그…
그렇네.

이 상황이 적당히
설명되려면

최소한
이런 뒤처리를
했을

마지막 한 쌍은
있었겠군.

너희 회사 쿵이
시체로 다시 발견
된다면 그가 마지막
생존자였을
것이고

만약
시체를 발견하지
못한다면…

그와 그의
전사체가 아직
이 안에…

탕

탕

탕

!

당신 말이 전부 사실이라면

내 친구들이 모두 놀라겠는걸.

전사체와 짝꿍 쿵의 공존이라니…

그것들이 비록 구멍을 메꾸기 위해 만들어졌다지만

생물의 대응체이다보니 생명체의 성질도 적용돼서

자기 짝이 사라지면 자신도 사라지니까

짝꿍 쿵을 공격할 순 없는 거지.

그럼 그것들은 자기 짝이 누군지 바로 안다는 거잖아.

응, 본능적으로.

반대로 쿵이 자기 짝꿍 전사체를 알아보는 방법은?

뭐… 네 말대로 쿵이 많이 모여 있는 경우라면…

팔다리가 다치거나 잘리게 되면

사라진 오류 부위만큼

전사체 몸의 일부도 사라지게 될 테니까…

최소한 쿵의 팔다리는 부러뜨려봐야 되지 않나 싶네.

지금 그걸 말이라고… 다시 생각해보니 역시 이상해.

물리적 오류를 이용해 만든다며? 근데 자기 짝을 못 친다는 게 말이 돼?

아, 쫑알쫑알 시끄러! 알아듣게 지껄이던가…!

그래서 컨트롤러의 짝꿍과 결합하라는 메시지는

전사체들에겐 일종의 자폭 명령 같은 거야.

전사체가 짝꿍 쿵과 결합하게 되면

두 가지 결과가 나오는데

눈앞에서
사형들이 당하는데

……

죄…
죄송합니다.

넌 두 손 놓고
있었다는 거냐?

순간적으로
상대에게 압도돼서…

이… 이런
못난 자식! 지금
우는 거야?

……

어서 당장 물러가서
사형들의 장례를 치르고

별도의 지시가
있을 때까지 대기
하도록 해!

뭇시엘…

탁

저런 한심한
놈 같으니… 종단
기강이 해이해진
거라니까.

내 앞에서
눈물을 보여?

백사회
두 사제의
죽음이

종단 사업의
메인 파트너를 바꿀
결정적인 역할을…

웅, 종단사에 남을
가장 값진 희생 중에
하나가 될 거야.

그간
사업장에서
고산가를 꾸준히
따돌린 결실
이다.

고산…
제 아비만큼이나
다혈질이라더니
사실이었어.

먼저 그렇게
도발해주시면 우리야
감사하지.

그런데 공작의 백경대 화력이

예상을 훨씬 웃도는 것 같습니다.

그러게. 쾽 부대를 혼자 상대하고

같은 행성 간 이동 하이퍼를 꼼짝 못하게 하다니…

그럼…

기대하시던 무력 충돌은 어렵겠군요.

천만에! 8우주 귀족들과 평의회에

고산가와의 분열을 알리는 이 화려한 쇼를 빠뜨릴 순 없어.

화력 차는 어떻게 극복하시려고요?

백사회가 해결 못했다면

종단 전사체들이 나서면 돼.

백경대… 제아무리 날뛰어 봐야 쾽 놈들!

아, 그러고 보니 사물 쾽 전사체 개발 건은…?

여전히 애를 먹고 있지.

초전사체가 감당할 용량을 늘린다고

해결될 게 아니란 걸 최근에 알게 됐어.

사물 쾽 전사체… 8우주 군수업체들이 가장 치열하게 개발 경쟁 중인 비밀 프로젝트의 하나,

행성 하나를 날려버릴 폭발력… 성공하면 8우주의 패권을 쥘 수 있다고 판단하는 거야.

군수업체들이 경쟁하다시피 각 행성 마다 던져놓은 사물 쾽,

일명 헬게이트는 개발 경쟁에서 자신들이 승리할 거라는

자신감과 의지의 상징들이야.

이 분야만큼은 스텐 중공업이 앞서고 있어.

엘가가 최대 주주로 있는.

15

아, 그렇지 않아도

엘가에 다녀왔던 직원들로부터…

그쪽에서 매우 불쾌해했다는 반응입니다.

원하는 게 있다면 주교가 직접 와야 할 거라고.

직원들을 보냈는데도

세 번이나 직접 만난 건 그쪽 역시 우리가 필요하다는 판단.

우리 태도에 약이 오를 때까지 올랐겠지.

처음부터 호감을 느끼게 접근하는 것보다는

불쾌한 첫인상을 호감으로 바꾸는 게

감정의 기복 차를 이용해 협상을 더 효과적으로 이끌 수 있어.

이제 내가 직접 나선다.

엘가에 대해 우리가 원하는 관계를 이해시키겠어.

최대한 빠른 시일 내에 만나게 그쪽과 일정을 조율하도록.

알겠습니다.

고산가의 도발에 대해선 어떻게 대응…

분통나지만 일단 상부에 보고부터.

고산가보다는 당장은 데바림들…

그 쥐들을 치우는 게 먼저야.

종단 비즈니스의 큰 변화를 앞두고 어떤 돌발 변수를 일으켜

우릴 방해할지 몰라. 놈들의 꿍꿍이를 알아야겠어.

……

그따위 것들 때문에 또다시 아까운 희생은 없어야지.

사제들 대신 종단 전사체들을 동원해서

그 올드보이들 당장 시체로 가져와.

16

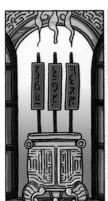

이것들이…

일이라는 게 순서가 있지. 우릴 거치지도 않고 다짜고짜…

아, 괜찮아.

어서 오세요. 기다리고 있었습니다.

죄송합니다. 급한 상황이라고 판단하신 하즈 님께서…

……

실례인 줄 알면서도 이렇게 직접 모시러 왔습니다.

아닙니다. 조금이라도 일찍 뵙는 게

일족의 안전을 위한 거니까요. 가시죠.

아, 글쎄 너희 수고를 덜어주려고 직접 움직였…

웃기지 마! 우릴 무시한 거잖아! 너희가 우리라면…

이 친구야. 너희 수장이 일족 100여 명의 신변 보호를 요청한 상황이라고!

우리 쪽에서도 급하게 움직일 수밖에 없었다니까.

……

어디 한번 들어봅시다.

당신들이 그 오랜 시간 대비해온 종단의 계획이라는 게 대체 뭡니까?

뭐야, 왜 이렇게
다운돼 있어?

그러게.
선생 데리고
와서는… 무슨 일
있었어?

.....

두부 먹고
있더라.

뭐?

향은 3개…

아무래도…

우리 차례이지
싶어.

설마…
아직 우린…

눈…

선생이 나와
눈을 마주치지
않았어.

그게 무슨 의민지
잘 알잖아.

.....

못 믿겠다면
저희 쿵들의 기억을
확인해보시죠.

그래서
신변 보호 요청을
드린 겁니다.

.....

.....

어쩔 거야?

어쩌긴. 몸부림
친다고 달라지는 게
아니잖아.

이건 말이
안 돼.

그동안 우리가
자기들을 위해 어떻게
일해왔는데…

그런 거라면
우리한테 최소한의
언급은 있어야지.

언급하면?
우리가 피해갈 수
있는 일이야?

지금까지
단 한 번도 죽음의
예언에서 벗어난
경우는 없었어.

제기랄! 그럼 뭔가 방법을 찾아야지!

이대로 죽기만을 기다릴 거냐고!

슈슉

슈슉

뭐야?

두 사람 정도 데려오래.

모리!

네, 하즈 님!

저기 두 친구의 유년기 주변 기억 중에

종단과 관련된 데바림들의 언급을 전부 훑어내.

지금 뭐 하자는 거야?

진정해. 데바림 수장이 먼저 제안했어.

당신들 기억 중에 자세하게 확인해 볼 게 있대.

긴장 풀고 잠시만 협조해줘.

츠ᄌᄌ

츠ᄌᄌ

!

……

아론…

아론 선생!

두부 먹었다며?

향이 3개…?

우리 차례인 거야?

대답해봐! 내 말 잘 들리잖아!

우리 죽는 거냐고?

이봐, 내 두 눈 보고 대답하라고!

아론!

틱

팅

CALL

선생…

……

$@#!&>+!!!@$!

세 사람에게 감사의 말도 전하지 못했군.

그럼 역시… 우리는…

……

꿈에서 깬 뒤, 그간의 노고에 대해

자네들에게 어떻게 감사해야 할지… 고민이 되었네.

마지막으로 내가 줄 수 있는 건 이런 메시지뿐이로군.

이 8우주에서의 귀한 인연…

오래도록 기억하자고.

……

츠즈즈

츠즈즈

저기 두 쿵의 기억 내용이

다른 각도에서 정확히 일치합니다.

츠즈즈

!

끄아아아…

피곤해.

이 스파이 짓거리도 조만간 그만둬야겠어.

팅

마빈!

네…에! 하즈 님!

매니저들 비상소집해.

……

퇴근한 녀석들까지 전부 불러들여.

팀장, 파견 나가기 전에 이런 비상소집은 처음인 것 같은데요.

그러게. 근무하면서 처음 있는 일이야.

모두 착석해 주세요!

!

갑작스레 모두에게 미안하군.

파견 나가기 전에 여러분들이 정리할 일이 생겼어.

오늘 이후로 고산가와 나누던 특별 수익은

회계 장부에서 모두 빼도록 해.

앞으로 고산가와의 거래 때도 지금의 여느 거래처와 같은 조건으로 지급 하도록.

!

지… 지금 그 말씀은…

말 그대로야. 이제 고산가와의 종속 관계는 오늘로 끝낸다.

앞으로는 우리 엘가가 8우주 전면에 나설 거야.

고산가로부터 소환령이 없어서 자유 계약 상태인 하이퍼 쿵들…

우리와 연관된 빚은 모두 탕감하고 지금 파견지 보수의 2배로 우리와 계약하게 만들어.

고산가의 구 백경대를 전부 사들인다!

……

그게 무슨 소리야?

아론 선생이 그리 얘기했다고?

말 그대로지. 8우주에서의 귀한 인연…

오래도록 기억하자고.

오래도록 기억하자니? 지금 놀리는 거냐?

곧 죽을 놈들한테 그따위 인사라니…

잠깐! 8우주…

굳이 8우주라고 한정 지은 건…

기억나? 저번에 선생이 했던 말?

소환 콩 확보에 종단 놈들의 방해를 받고 있다고.

뻔히 무의미한 희생인 줄 알면서도

놈들의 시선을 묶어놔야 한다는…

그래, 그때 새로운 전술 방법을 찾았다고 했잖아.

응, 그래서 종단의 인과율 괴물한테

과부하를 선사하겠다고 했었지.

선생이 우리에게 건넨 건 새로운 임무다.

동시에 이 8우주에서의 마지막 미션!

뭐야, 그… 그럼…

그래!

교차공간!

그곳을 통해 8우주를 벗어나는 거야.

타다닥

텅

엘가 놈들이…

구 백경대를 사들이기로 결정했다고?

팍

팍

잘됐어.

꼴도 보기 싫은 놈들 한군데로 전부 몰아넣는 거지.

팍

팍

너 지금 그런 반응이 말이 된다고 생각해?

지금 제정신이냐고!

백경대를 엘가에 넘기겠다니…

네 아버지의 백경대는 행성 하나를 날리는 화력을 가졌어!

응, 20년 전에.

팍

팍

지금은 무료함과 도박에 찌든 쓰레기들이지.

안 돼! 전부 불러들여! 다시 재정비…

철저하게 치울 거야.

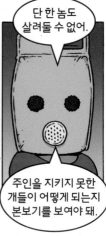

단 한 놈도 살려둘 수 없어.

주인을 지키지 못한 개들이 어떻게 되는지 본보기를 보여야 돼.

……

팍

팍

오늘로 여기 일 그만둘게. 내가 네 곁에서 더 이상 해야 할 일도,

할 수 있는 일도 없는 것 같아. 그동안 즐거웠다.

그 문 닫고 나가기만 해.

두 번 다시 날 못 볼 줄 알아!

그렇게 해.

탁

……

23

……

각 팀별로 본인 포함해서 20명씩 당장 준비해.

그럼 잠시 후에 보자고. 판타 레이!

자네의 결정이라면… 따라야지.

엘가에서 바로 데리러 갈 거야.

데바림!

저희 요청을 수락해주셔서 감사합니다.

아…

저희들 생명의 은인이세요.

별말씀을! 의로운 의지를 가진 분들은

당연히 보호를 받으셔야죠.

자네들은 지금 당장 각자가 맡은 주소지로 가서

일족 분들을 안전하게 모시고 오도록!

옛썰!

슈슉

……

하즈 님, 백작님께 감사의 인사는…?

일족 분들 오시는 대로 뵐게요. 덕담이나 한 말씀 준비해주시죠.

8우주의 새 주인께 구차한 덕담이 필요 할까요?

좋군요.

백작님은 늘 스스로를 낮추시는 분이라…

방금 그 표현, 그대로를 부탁 드립니다.

24

전사체…

설마 갑자기 깨어나서 쫓아오진 않겠지?

……

응?

잡았다! 요놈!

탁

아, 그만들 싸워…

……

……

뭐… 뭐야?

후 다 닥

히익…

어딜!

떡

아악…

털썩

……

응…?

시… 실버퀵!

실버퀵!

실버퀵!

빡

그렇게
다짜고짜 달려들면
어떡해?

짝 짝

이봐…
정신 차려!
이봐!

나 참…

그러니까…
지금 그 친구가
있다는 건…

!

지금 이 안에…

전사체가 돌아다니고
있다는… 거냐?

……

후우우우…

여기…
한잔하지.

최근 들어
점점 더 이상해져요.

도통 이야길
들으려 하질
않으니…

정말
그만둘 거야?

예, 지긋지긋
합니다.

하긴…
지칠 때도 됐지.

하지만
자네가 나가고 나면
고산가와 연을
끊으려는 사람들이
많을 거야.

거래처들이
우리 수익 분배
방식에 불만이
많잖아.

그동안
그걸 다른 형태로
보상해주던 자네가
떠난다면… 누군들
붙어 있겠어?

이 집안의 진짜
살림꾼이 자네인 걸
모르는 사람은
없어.

나는 그렇게
생각해.

살림을 맡은
사람이 진짜 주인
이라고.

예?

26

고산이 경영과 제왕 교육을 받았다고는 하지만

필드에서의 비즈니스 능력은 자넬 따라갈 수 없지.

몰락의 벼랑 끝에서 이 집안을 구해낸 건 자네 아닌가.

……

지금 무슨 말씀을…?

간단한 얘기야.

다수를 위해 문제를 좀 더 적극적으로 해결 하자는 거지.

물론 나는 자네 편이야.

찰 칵

웅성

웅성

아… 이러실 것까진…

저희들 생명의 은인이십니다.

그런 말씀 마세요. 오히려 저희를 찾아주셔서

불안한 미래를 보장받는 기분 입니다.

감사는 온전히 저희 몫입니다.

모쪼록 이곳에 머무시는 동안

불편하거나 필요한 게 있으시다면

뭐든지 말씀해 주세요. 정성껏 모시겠습니다.

8우주의 주인다운 자비와 은혜십니다.

저희야말로 도울 일이 있다면 최선을 다하겠습니다.

……

어쩔 거야?

난처하네… 어떻게 하지?

고산가와 계약이 끝난 대부분의 파견지 백경대원들은

대부분 벌써 사인했대.

그동안 고산가로부터 소환령이 없었으니 별문제 없을 것 같긴 한데…

도리상 주인을 바꾼다는 게…

음……

CALL

너희들 매니저한테서 하즈 님이 제안한 계약서 받았지?

롯과 가야도 불러. 우리 잠시 얘기 좀 하자.

하즈 님의 제안…

어쩔 거야?

어디 보자…

어떻길래 그렇게 긴장들 해 있어?

……

……

아, 그렇게 서로 눈치만 보지 말고 솔직히 얘기해봐.

갈등…됩니다.

엘가에서 제시한 조건에 마음이 많이 흔들리네요.

뭐… 엘 백작님은 늘 곁에서 뵙지만

고산 공작님은 언제 마지막으로 뵀는지 기억도 안 나요.

이곳 파견지 사람들이…

이제는 가족처럼 느껴져서요…

우와! 이거 진짜야? 캡이잖아!

고산가와는 비교도 안 되는 파격 대우!

오케이! 바로 계약!

팅

······

응?

뭘 망설여, 이 멍청이들아!

앞으로 살면서 이만한 제안을 또 받을 수 있을 것 같아?

후회하지 말고 기회가 왔을 때 잡으라고!

팅

아, 뭐야! 롯 선배 고함에 실수로 눌러 버렸어!

난 의리를 지키려고 했는데··· 이거 전부 선배 탓이야!

······

······

핵

서···선배!

선배는 고산가에 남을 거예요?

난··· 아까 서명했어.

아, 예에에에···

......

가래떡이?

응, 환송식 끝나고
고향 가는 수송선에
아담이 나타났어.

많이 놀랐지.
다행히 날 해치진
않더군.

그렇게
수송선 안에서
잠들었다가…

여기…
이 이상한
공간에서 눈을
뜬 거야.

실버퀵이 우릴
속여온 걸 바로
알게 됐지.

퇴사해서
귀향한 줄 알았던
동료들이

모두 이곳에
머리만 남은 채
있었던 거야.

생존자를
발견하고 놀란
가슴이 진정될
무렵…

예상 못했던
일이 일어났어.

소으

!

숙

!

그때까지
얌전하게 있던 양측의
아담들이

먹잇감을 발견한
맹수처럼 상대측인
나와 동료에게
달려들었어.

갑작스런 공격에

동료의 팔이
떨어져 나가자
어찌 된 일인지

날 향해
뛰어오던 아담의
팔도 잘리더군.

곧이어 머리가
떨어져 나갔을 때

내 앞에서 바로
멈춰 서더라고.

도대체
무슨 일이 일어났던
건지…

32

분명히 짝꿍 전사체…

응…

이 친구는 아직 그 개념을 모르고 있어.

그러고는 실버쿽에서는 한 번도 본 적 없는…

끔찍한 광경…

오, 맙소사! 세상에… 아담이…

목 없는 시체를…

뜯어 먹고 있는 거야…

그런 얘기 뜯어 먹으면서 하지 마!

뭐야, 전사체가 쿽을 먹어치우다니… 어서 설명해봐!

응…?

아, 그래… 그러니까 정말 이상한 회사…

그건 입사 때부터 알고 있던 거고…

입구에 머리만 쌓여 있던 게…

몸통이 모두 그런 식으로 처리된 거였군.

전사체 컨트롤러와 연결이 끊긴 상태에서의 모든 움직임은

전사체 생성 초기에 입력된 기본 명령들.

그것으로 전사체의 활용 목적을 짐작할 수 있지.

단순히 쿽을 해치우기만 한다면 그건 내부 소란을 진압하려는 목적일 거야.

다수의 쿽을 제어하기 위해…

그런데 먹어치운다는 건 전혀 다른 맥락…

제어가 아닌 제거!

실버쿽은 애초부터 너희 쿽 기사들을

단 한 녀석도 살려둘 생각이 없던 거야.

티릭

치익

......

돈…

돈 될 만한 거…

끔찍하군. 대체 뭣 땜에…

어서…

이 사실을 본부에 있는 큉들에게 알려야 해.

실컷 이용하고 어떻게 처리하는지…

그래, 아담의 경계가 이러니저러니 다 필요없지.

이판사판, 폭동이 일어날 거라고.

그런데… 퇴사가 아니라 실버큉 업무 때문에 여길 들어왔다고?

그거… 좀 이상한걸.

내 말이! 자신들의 만행이 널린 이곳에 왜 날 보낸 거냐고.

내가 귀환하면 어떤 일이 벌어질지 뻔히 알 텐데…

혹시… 어떤 이유에서인지 널 해치우려는 방법으로

이 냉장고를 택한 건 아닐까?

그… 그랬을까?

그… 그래, 그럴 수도…

하지만… 넌 그렇게 위험해 보이진 않는데? 이렇게까지…

이봐! 내가 얼마나 무섭고 위험한 큉인데!

그러게… 그건 미처 생각 못했네.

애플 멤버들을 업무 중 사고사로 위장해서…

흥! 누구 맘대로?

복귀하면 폭동을 일으켜 실버큉을 뒤집어 놓을 거야!

복귀라니…?

아, 그래! 여기서 나갈 방법을 알고 있는 거지?

아, 거기서 그만 좀 쭝알대고

와서 돈 될 만한 거 찾는 일 좀 도와!

방금 저기 저거! 저게 출구 열쇠를 가지고 있어.

오, 정말?

드디어 여기서 나가게 해달라는 내 기도가 닿은 거야!

고마워! 뭐든 도울게!

턱

저 친구한테서 뭐가 더 얻어내야 할 게 있어?

응?

아직 모르지 뭐.

필요한 정보 얻었으면 너무 가까이 않는 게 좋겠어.

뭐?

저 친구의 짝꿍 전사체가 등장하면 어떻게 할래?

우린 선택해야 한다고.

선택할 때 덜 괴로우려면

심적인 거리를 유지하잔 말이지.

……

맙소사! 지금 누굴 사춘기 소녀로 아는 거야?

이 양반, 보기완 달리 꽤나 감성적이네.

난 피도 눈물도 없는 악당이라고!

본인 걱정이나 하셔!

……

아무리 계약에 문제는 없다지만

우리 쪽에 양해 한마디 없이…

어떻게 구백경대가 이렇게 한꺼번에

엘가로 넘어갈 수 있는 거죠?

상황 알겠지?

너희에게 이제 선배 같은 건 없어.

데바림 수장들과 올드보이들 데려올 때

한때 너희 선배였던… 아니

엘가의 새 경호원들과 충돌할 일이 생길 거야.

바로 치우고 요란한 흔적을 남겨.

주인을 배신한 개들이 어떻게 되는지

나머지들에게 교훈이 될 수 있도록!

엘가 사람들은 아직 건들지 말고

걸리적거리는 개들만 치워!

고산가에 팔리려고 지옥을 견뎌냈더니만

사람 일은 알 수 없다더니

결국 이렇게 엘가로 들어가게 될 줄이야…

잘됐지 뭐. 늘 마음이 두 군데로 나뉘었었는데…

한쪽에서 더 좋은 조건으로 일하게 됐잖아.

슈슉

응?

백경대 후배들 같은데…?

이봐! 함부로 리딩하지 마!

뭐야, 너흰?

야! 안 들려?

엘가의 새 경호원들한테 고마운 정보가 많은걸.

우리가 찾는 데바림 수장들과 올드 보이들…

뭐가 어째?

!

모두 이곳에 있어. 수고를 덜겠군.

……

저 녀석들이 고산 공작님으로부터 받은 명령이다.

!

처어어억

네, 계약서에 서명했어요.

잘했어. 당연히…

슈슉
!

어이!

당신이 롯…?

그 양반, 당신을 많이 찾더군.

슈 슈

!

턱

슈슈

응?

!

행성 야나

쉬이이이…

저기…
오줌 누는
놈!

기절시켜서

퍽

이리
데려와.

드드드

관리국
내부 구조를
읽어내게…

……

여기가
재건된 교차공간
관리국…

분위기
살벌하네…

끄응…

제기랄!

어때?
뚫을 만하겠어?

교차공간
중심까지 모두 5단계
철통 보안이야.

쿵들이
지키는 벽이 2개,
평의회가 제공한

전사체 방어막이
2겹…

젠장!

무엇보다
마지막 벽은
사물 쿵.

내 공간치환
능력을 활용하는 건
어때?

네가
감당할 수 있는
사이즈가 아니야.

40

경비원들을 통해 알 수 있는 내부 구조는

3단계까지라고 읽혀. 나머지는 치고 들어가면서…

뭐야, 제기랄!

뚫고 들어가다 죽으라고?

그만 징징대.

우선 내가 확인한 내부 구조부터 공유하자.

8우주 마지막 임무야. 판타레이…

아, 싫어!

…데바림!

……

전시돼야 할 시신을

깜짝 등장한 계집애가 채갔네…

내버려둬. 이 정도 치웠으면 엘가의 새 경호원들에겐 경고 메시지로 충분해.

그보다 먼저…

데바림을 잡기 전에…

……

자, 관리국 안으로 들어간다!

계획과 다른 변수가 생기면 집합 장소는…

팅!

!

뭐…뭐야, 이건…?

올드보이들을 정리하지.

츠지직

……

뭔가 있긴 있었던 것 같은데…

…난감한걸.

나 원, 어떻게 양자 통신이 끊기는 경우가…

……

사물 큥 내부라잖아.

여기 반장단 멤버들이 할 수 있는 일이 아니야.

당장은 공간 기억을 읽어줄 큥부터 필요하고…

못 찾겠어.

팅

비상사태! 전원 당장 복귀해! 우주 교통국 지휘에 따라

반드시 수동 운항하도록!

뭐야, 갑자기?

항로 통제 시스템 하드웨어에 문제가 생겼어!

실버쾩 우주 항로 값이 전부 초기화돼버려서 같은 라인의

골드윙 택배선들과 연쇄 충돌로 지금 완전히 아수라장이야.

그런 말도 안 되는…

알았어. 당장 본부로 갈게!

……

반장님, 그럼 저희는…

셀, 우선은 우리와 같이 복귀 하도록 하자.

네? 그럼 덴마 주인님은요?

젠장! 지금 그게 중요한 게 아니잖아!

피해 상황 보고는 미뤄!

본부 상황은 엔지니어 팀에게 맡기고

더 이상의 충돌 사고를 막으라고!

전원 수동 모드로 전환 시키라니까!

수동 전환이 불가능한 배들도 있습니다!

%ㅜ $#&!!

&%$#@ㅠ!!!

ㅎㅎㅎ… 여기저기…

안팎으로 난리군.

콜록

콜록

염병할… 기판들이 타버렸어!

소변과 함께 흘러 들어간 사용 금지 물질은

시간이 지나면 아주 위험해지지.

처음엔 기판들을 태우는 수준이지만

!

뭐야? 이 물기는…

쿵 쿵

흐음… 하아아… 흐음……

이봐, 몰입하지 마! 위험해 보여!

페로몬 향이 나기 시작하면

아주 작은 마찰이나 충격에도 예민해져서…

쓱 쓱

대체 이게 무슨…?

펑

우와앗!

광

꽈
광

?

......

무슨 일이 있나?
밖이 소란스럽네.

자, 8우주
상법 조례 4조…

슈슈슈

치
지
직

......

뭐야…

함정인가?

누구야?
우릴 유인한 게…

긴장할 것
없어요.

츠츠츠

당신들 해칠
의도는 없으니까.

워어어…

8우주를
떠나려던
참이셨네.

공작님이
당신들을 찾고 계셔.

가기 전에
잠깐 들렀다 가지?

스르르

......

기습이야.

들리다니?
우리가 거길
왜 가?

우린 이미 은퇴했어.
더 이상 그분을 뵐 이유
같은 건 없다고!

그건 당신들 입장이고…

어르신이 너희들을 만나길 원하신단 말야.

두려워할 필요 없어.

다치지 않게 데려오라고 하셨으니까.

……

스르릭

하긴…

근데 이것들이 지금 우리가 누군 줄 알고…

흰 양복 입으니까 눈에 뵈는 게 없냐?

쿵들 싸움에선 선빵이 최고지.

이제 움직여 봐요.

어이, 오비들! 공작님 명령 때문에

당신들을 꽤나 예의 바르게 대하려는 거야.

뭐가 어째?

예의 바르지 않으면? 어쩔 건데?

어때요?

시험 삼아 네 볼기짝이나 때려볼까?

수고를 부르는군.

그나저나 우리 공작님…

다치지는 않겠지만 많이 아플 거요.

엄청 빡치신 듯…

응?

덩달아…

퍽

나도
빡치고…

슈슉

슈슈슉

크아아악…

이… 이게 뭐야?
어떻게 된 거야?

단순하게
보이지만 지금 네가
겪는 건

자그만치 3개의
쿵 기술이 합쳐진
콤비네이션!

웃기지 마!

우웅

쯧쯔…

퍽

맙소사…

아, 4개다.
기억 읽기까지…

내 얼굴에 쐈던 거
네 몸 안에서 맴돌게
주둥이로 되받아
쳤어.

네 힘이 몰리는
부위로 조금씩 튀어
나올 거야.

퍽

어림없어!
끄아아아…

48

......

배리어!

텅

......

......

그래…
들은 적 있어.

기술을
몇 개씩 섞어서
쓰는 놈들이

몇 있다던데
너도 그중
하나였군.

살다 살다…
아무리 선후배 유대가
없다지만

다짜고짜
선배 머리통을
던져놓고 틈도 안 주고
얼굴을 갈겨?

이건 뭐야?

톡 톡

너 이리
나와.

어림없지.
지금 서로가 보이는
상태지만

난 이미 다른
차원에 있어.

외롭게
자라면서
나만의 공간에
갇히게 됐지.

그게 쿵 기술로
발현되니까 이런
장점이 있더군.

눈앞에
보이지만 그 누구도
이 안으로 들어올
수는 없어.

어쩐지 지나치게
친절한 설명인걸…

잠시 호흡을
가다듬고

임무를 어떻게
마무리할지 생각해
봐야겠어.

외롭게 자라면서
따돌림에 왕따까지
당하면

접촉에 대한
열망이 커져.

49

그래서 누구에게라도 비집고 들어가고 싶어지지.

！

마… 말도 안 돼!

돼.

차아아

너 일루 와.

이 싸가지 없는 쌍노무 쉐퀴야.

이건 어때?

……

……

돈 좀 될 것 같은데…?

츠츠츠

……

이봐, 괜찮아?

…싸구려 짝퉁.

훠

아니…

……

좀… 쉬어야겠어.

저거 약쟁이야. 또 약발이 떨어진 모양…

아…

후우으… 피곤해.

그러고 보니 모압에 온 이후로 지금까지 한숨도 못 잤어.

두 사람… 박스 좀 닫아놓고 망 좀 봐줘.

알았지? 무슨 일 있으면 저 영감부터 깨우고…

ZZZ…

아들은 똘똘해 보여.

하하하… 고마워.

날 기다리는 가족들을 위해서라도

이곳에서 반드시 살아서 나갈 거야.

뭐… 그렇게 미인은 아니네.

그런 의미에서 당신들에게 정말 감사해.

……

……

여기서 나가면? 가족들에게 돌아가면 안전해?

내 생존 여부는 놈들이 모를걸?

몰라? 여기서 나가려면 우리랑 같이 움직여야 돼. 난 본부로 돌아갈 거고.

이곳에서 무슨 일이 있었는지 날 리딩할 거야. 그럼…

그… 그럼 어쩌지?

더 안전한 방법이 있어. 나랑 본부로 같이 들어 가는 거야.

뭐어?

본부라면 퀸들의 시선이 있어서 함부로 당신을 어쩌지 못해.

놈들과 딜을 하는 거야. 당신 가족의 안전과 이곳의 만행.

그… 그런 게 가능하겠어? 놈들이 순순히 내 말에 귀나 기울이겠냐고?

이제 당신을 감시하는 이브는 없을 거 아냐?

나가는 대로 외부 통신을 통해 우주평의회 인권위에

모든 사실을 폭로해버려. 당황한 실버퀵 놈들, 어떻게든 적당히 무마하겠지. 하지만…

평의회의 요주의 관찰 대상 리스트에 당신 이름이 오르고 난 뒤야.

당신한테 문제가 생기면 이제 평의회 감사가 본부로 직접 들이닥쳐.

그건 이 8우주의 그 어떤 사업장도 피하고 싶은 최악의 상황.

당신과 당신 가족이 안전해지는 가장 현실적인 방법이야.

……

!

뭐야, 이거?

내 방이 있던 구역이 통째로…

말도 안 돼!

으아아아… 내 방에 모아놨던 컬렉션…

당분간 식당까지 한참 돌아가야 하나…

구획째 분리가 된 거야?

이거 뜻밖이네.

이런 거대한 본부가

내부 폭발에 대비한 유닛 분리 구조라니…

왜 전에 아담의 밤이라는 소동이 있었다잖아.

아…

그 이후로 내부 설계가 조금씩 바뀌었다고 들었던 것 같아.

......

이놈의 회사 돈도 많아. 아무리 그래도 택배업으로 얼마나 번다고 이런 비싼 구조를...

유닛 분리 구조...

본부 제어 시스템에서 유닛 결합을 해제한다면...

확실히 탈출이 훨씬 더 용이해지겠어.

그런데 문제는...

이런 정보를 어째서 그 강아지가 던져주는 거냐고!

대체 무슨 꿍꿍이를...?

......

공작이 우릴 왜 보려는 거지?

데바림을 언급한 걸 보면... 모든 걸 알게 된 거야.

물건의 행방을 찾고는 우릴 치우려는거겠지.

응, 분명히 그게 아론 선생이 꿈에서 본 미래인지도...

조만간 공작의 백경대가 이곳으로 들이닥치면

꽤나 소란스럽겠어.

후우우... 정말 우리에겐 교차공간 말고는 출구가 없구나.

롯... 녀석이 공작이 보낸 강아지 목을 따는 걸 보니...

문득 내 안에 잠들어 있던 무언가가 눈을 뜨는 느낌이야.

그래! 우린 행성 하나를 날리던 백경대! 이판사판...

교차공간 쯤이야! 죽기밖에 더 해? 덤벼!

턱

그래, 젠장!

당장 부딪혀!

슈슈

슈슈

53

......

여긴…

여전하군.

롯…?

아, 영감. 잘 지냈어?

도련님… 아니 공작님 계셔?

뭐…뭐냐? 지금 손에 들고 있는 건…?

우리 어린 공작님이 개념이 좀 모자라신 듯해서

똑똑히 전해드릴 말이 있어서 말이야.

슈슉
슈슉

뭐? 개념이 모자라…?

아, 다니엘 군!

롯…
말투와 행색을 보니 콤비네이션 기술을 쓴다는 롯이로군.

야, 나는 널 몰라, 엑스트라 3! 선배 이름 함부로 부르지 말고

가서 주인 데려와!

네 손에 들린 내 후배의 몫을 생각해서

여기서 바로 처발라줄게!

뭐? 처발라?

너 어디야? 지금 무슨 일이 일어난…

팅

그 싸가지 없는 주둥아리 콱 먹어 버린다.

매우 불쾌해!

여긴 개념 없는 우리 고산 도련님 하렘.

배신한 주인의 개들에게 교훈을 주겠대.

뭐?

묶어만 두고 돌보진 않던 아드님이

배고파서 줄을 끊고 나간 개들을 자신의 다른 개들로 치우겠다는 거야.

그러니…

......

그랬군.

도련님!

우리 도련님…!

아, 짜증나. 시끄럽고 싸가지 없는…

네놈 정말 질색이라고.

이건 아니지! 우리가 어떤 사인데!

우릴 이렇게 내치면 안 되지!

우리가 널 배신한 게 아니라 네가 우릴 버렸잖아!

네 아버지가 살아 있었으면 귀싸대기 날아갈 일이라고!

저게 미쳤나?

놔둬!

여기저기 난리군.

밖에다 둔 개들이 뒤통수를 치질 않나

뜬금없이 택배선들이 엘가 놈들에게 시비를 걸질 않나…

탕

됐어! 될 대로 돼버려!

그놈 풀어줘!

잘 들어. 엘가의 새 경호원!

당장 돌아가서 엘 놈에게 전해!

전쟁 준비 하라고!

……
……

후우우우…

냉정하게…
상황을 파악
하자고.

브레이크가
고장난 차의
운명…
모두가
살려면 브레이크를
손봐야지. 근데…

고쳐지지
않는다면…
어쩔 수 없지
않겠어?

……

……
스윽
그래, 제어가
안 된다면…

치울 수밖에.

뭐… 뭐야?
이게!
실버퀵
지구부장들은?

사태 수습에
정신이 반쯤 나간 것
같습니다.
이 태만한
멍청이들이…

하필이면
엘가 방문을
앞두고…
……
안 돼!
이렇게는!

엘가에
양해를 구하고
회동은
상황 수습이
끝난 뒤로 조정해.
어서 당장!

네!

하즈 님과 어떤 충돌이 생기더라도

도련님께선 반드시 종단 측 제안에 응하겠다고…

그래…

그렇군.

그럼…

대체 이 상황은 뭐야?

이걸 단순한 시스템 오류라고 얘기할 수 있는 거냐고…

백경대를 사들인 우리에게 고산가가 감정적인 대응을 하는 것처럼 보여.

이런 일을 일으켜 가장 큰 이익을 보는 게 누구지?

……

마빈!

네?

이게 단순 사고가 아니라면 누구 짓일까?

그… 글쎄요.

바보가 아닌 이상… 고산가가 저지른 일은 아닐 것 같고요.

역시…

두 가문의 갈등이 고조되면 중간에서

가장 큰 이득을 보는 건 태모신교 종단 정도…?

한 손으론 우리에게 손을 내밀고

다른 한 손으론 고산가와의 충돌을 유도한다…?

그건 너무 얕은 계산이야. 속이 훤히 보이는…

말이 안 되는 건 아니지만…

역시 이상해.

슈슈

하즈 님…

!

59

아무렴…

명백한 사고일 겁니다.

종단이 일부러 이런 일을 일으킬 이유는 없죠.

저희가 자해 공갈을 저지를 이유가 없는 것처럼요.

아…

이해해주셔서 감사합니다.

별말씀을. 그 정도 상황 판단 능력은 있어요. 잘 해결합시다.

다만 한 가지…

만일 이것이 단순히 우리를 향한 고산가의 감정적인 대응이라면

우리도 가만 있을 순 없죠. 그건 종단의 입장과는 관계 없어요.

하지만 결국 당신들도 피해를 보게 되는 거지.

다른 건 몰라도 공작이 우릴 우습게 보고

함부로 남의 마당에서 설친 거라면 8우주 역사에 남을 응대를…

슈슈

도… 도련님…

란이시여…!

택배선들의 항로 이탈 사태로 물어야 할 손해 배상액이

……

엄청날 텐데요. 뭔가 수를 써서 종단의 피해를 최소화…

갑자기 웬 호들갑이야? 이제 시작일 뿐이야.

네?

60

충돌 없는 전진은 없어.

실버쿽 지구부장들이 차분하게 대응하도록 지원이나 해.

이제 시작이라는 건…?

우리의 사업 파트너가 바뀌는 일 말이야.

8우주사에 새로운 분기점이 될. 전에 얘기했잖아.

내 몸을 둘러싼 숫자들의 안정된 움직임을 보라고.

그러니 불안해하지 말고 가서 뒤치다꺼리나 도와.

탁

탁

아, 네…

……

……

그래, 내 마당에 침입한 고산가 개들의 짓이라고?

바로 사태는 정리됐습니다만 기습 공격에 그만…

내겐 한마디 상의도 없이 백경대를 사들이더니

집 앞마당까지 미친개들을 불러 들인 거로군.

제가 경솔했습니다, 도련님.

고산가의 반응이 이렇게 감정적일 줄은…

만일 그것들이 데바림이 아니라

아버지나 날 노린 거였다면?

응? 말 좀 해봐, 하즈 삼촌?

당신 욕심 채우는 데 우리 부자의 안전 같은 건 안중에도 없는 거지?

......

저는 도련님 편입니다.

도련님…

단지 지금 초를 다투는 긴급 상황이라…

고산가로부터의 전언이 있다고 하니

노여움을 푸시고 우선 같이 들어보시죠.

......

아, 그건 좀…

현장에서 있었던 일들 남김없이 말씀 드릴게요.

공작이 전한 말의 내용과 함께

전하라던 말의 정확한 뉘앙스를 알아야 해.

그래야 정확한 대응을 준비한다고.

......

이봐, 내 프라이버시와 고산가에서 얻어터지는 장면은 그냥 넘겨.

만일 오늘 일로 내 연봉이 깎이면 네가 메꾸게 될 거야.

......

......

......

우리들 앞에서 멱살이 잡히는 모욕을 당하고도

별다른 내색 없이 본인의 일을 계속하고 있어.

하즈 님이 목표에 집중하는 모습은

가끔씩 너무 무섭게 느껴져.

네.

무엇을 도와 드릴까요?

보자…

?

응, 이게 좋겠군…

엘가의 도련님께 직접 전해드릴 물건이 있습니다.

면담을 요청해도 될까요?

큭큭큭…

맙소사! 이제 보니 고산이란 놈…

매니저들에게 전해. 우리와 계약한 백경대원들 전부 소집하라고!

소집 목적은 뭐라고 전할까요?

전쟁…

오리엔테이션!

텅

텅

텅

……

……

주인 잃은 이브들인가?

그렇겠지…?

어딜 가는 거야?

먹을 걸 찾아 헤매는 게 아닐까?

!

아, 참!

이거 이브의 머리 속에서 나온 건데 말이야…

그게 뭐 같아?

……

고성능 바이브…

뭐?

아, 아니야. 머리 속에서 나온 거라면…

전에 본부에서 이브의 몸속을 본 적이 있어.

어떤 놈이 화난다고 자기 이브를 산산조각 낸 거야.

현장을 정리하면서 기억에 남는 건

조각난 이브 몸뚱이의 단면들.

움직임을 만들어내는 내부 구조 같은 게 전혀 없더라고.

이 부드럽고 말랑말랑한 덩어리가 뭔지 잠시 생각해 본 적이 있었어.

어디선가 이런 류의 안드로이드 제작 기술에 관해 들었던 것 같아.

이건… 이브의 뇌 역할을 했을 거야.

이게 이브의 형태를 결정 짓는 생체 지도를

아마도 신의 피부, 누멘의 합성물로 추측 되는 덩어리 내부에 투사하는 거지.

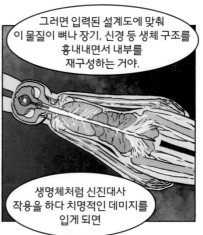

그러면 입력된 설계도에 맞춰 이 물질이 뼈나 장기, 신경 등 생체 구조를 흉내내면서 내부를 재구성하는 거야.

생명체처럼 신진대사 작용을 하다 치명적인 데미지를 입게 되면

기능이 꺼지면서 내부는 원상태로 되돌아간다는

생체 모방형 안드로이드…

…의 인공 뇌신경 소자?

뭐야, 추측일 뿐이잖아. 이리 줘.

툭

팅

PASSWORD

!

PASSWORD

패스워드?

……

어디…

SWORD

츠즈ㅈ

……

패스워드는…

이…
지…
옥…
에…
서…

탈…
출…
한…
다…

뭐?

툭

PASSWORD

팅

PASSWORD

이 지옥에서…

PASSWORD
• • • • • • • •

딱
딱

탈출한다…

지잉

뭐야…

암호를 알아내는 능력도 있는 거야? 하이퍼네.

아냐. 이건 내 기술을 다르게 적용한 거야.

응?

평면에 간섭하면 3차원에서는 안 보이던

2차원의 숨겨진 논리 구조를 알 수 있게 돼.

자판으로 패스워드를 입력해야 하는 공란은 더 이상 빈 칸이 아닌 거야.

비유하자면 다음 페이지로 넘어가기 위해 자기 짝을 기다리는 복잡한 요철을 가진 자물쇠 같은 거라고.

2차원에 갇혀 있어서 우리 눈엔 보이지 않을 뿐.

내가 한 일은 표면에 스며들어

평면에 갇힌 요철을 더듬어본 정도야.

못 알아 듣겠으니까 설명할 필요 없어.

뭐야, 글씨가 8우주 공용어가 아닌데?

만일 이게 작성자의 논리력을 판단하는 일반적인 프로그램 보호용 참거짓 테스트 화면이라면

ㅊㅈㅈ

암호를 읽어낸 것과 같은 원리로 글의 의미를 유추할 수 있어.

이걸 예스라고 가정하고…

틱 틱 틱

……

……

……

내 추측이 맞는 거 같다.

이건 이브에게 적용 된 각종 설정 값들이야.

……

대체 무슨 내용이…?

타입, 제조일자, 등록번호부터…

행동 수칙과 금지 조항까지.

금지 조항?

여러 가지… 식사량까지 정해져 있네.

아, 행동 반경…

본부 내의 접근 금지 영역도 있어.

특히 큉 기사와 동행해선 절대 안 될…

동선 규제라는 건 본부 설비의 약점이란 의미잖아.

여기! 이 메모장에 좀 적어줘!

또! 또 다른 정보들도…

잠깐만… 이것저것 많아서 벅차.

…뜻밖의 수확이다. 이브를 바로 곁에 두고

그간 애플 멤버들이 수집해온 정보라니…

별 다섯 개짜리 행동 규제 중엔 이런 것도 있어.

손을 깍지 낀 상태에서 양팔을 앞에서 뒤로 완전히 젖히지 말 것.

뭐… 뭐야, 그건? 기능 정지라도 되는 건가?

모르지 뭐. 그거랑 나란히 옆에 있는 건 이래.

코 후비지 말 것. 다른 누군가의 손가락이 콧구멍에 들어오지 못하게 할 것.

하아아… 갑자기 맥이 풀리네.

그건 그냥 일반 에티켓 항목이잖아.

젠장, 대체 누가 이런 시시콜콜한…

작성자는 야와…

응?

야와라면… 본부의 그 미친 강아지?

응!

내 퇴직 서류의 사인과 정확히 일치해.

……

그럼 좀… 이상하잖아.

이 지옥에서 탈출한다…

이게 그 강아지의 패스워드라고?

68

자, 우선 동선 규제 범위… 메모장에 다 옮겼어.

……

땡큐!

아, 시끄러!

쫑알쫑알 잠이 깼잖아!

배고…

……

…픈데 또 에너지 바야? 지겨워!

탁

약 드셔! 약!

이봐, 치킨 수프는 어때?

치킨 수프?

응, 먹을 게 들어 있는 박스가 꽤 있어.

최근에 발견한 수프 박스가 있는데 같이 가지?

콧수염!

ZZZ…

……

저 영감 잠이 깊네.

가져다주면 되니까 빨리 다녀 오자고.

……

뭐야…? 뭘로 끓여 먹으라고…

아, 뚜껑 손잡이 잡아당기면 데워지는 캔이잖아!

……

69

어서… 챙겨서 돌아가자!

이렇게…?

후루룩

와! 이거 끝내주네! 캡이다!

난 하나 더!

나도! 나도!

아, 가서 먹어들!

아, 줘봐, 하나만.

나도…

팅

퉁

저건 뭐야?

탁

어이! 진정해! 너 맞추려고 던진 건 아니었어.

하아

하아

타다닥

어쩌긴?

고산이라는 철부지 꼬마에게 도발에 대한 대가를 톡톡히 치르게 해야지.

전쟁 오리엔테이션 이라며?

그… 그건 고산의 도발에 대비하자는 뜻이지 전쟁을 하자는 게…

아, 짜증나! 지금 그걸 말이라고…

그럼 백경대는 왜 사들여서

그 버르장머리 없는 꼬마가 내 집 마당에서 지랄하게 만든 건데?

8우주를 타깃으로 고산가와 종단이 꾸미는 계획…

그 치명적인 약점을 잘 이용하려면 거기에 걸맞는 화력이 우리에게도 필요하니까요.

물론 고산의 이런 원색적인 반응은 미처 예상 못한 겁니다.

말의 뉘앙스나 정황으로 볼 때 의도적인 연출은 아니에요.

우리에겐 더없는 기회죠.

고산의 수하들에게 변을 당한 두 친구의 성대한 장례식으로

우리 경호대의 오리엔테이션을 시작한다면

도련님은 그들의 충성과 결속을 단번에 얻게 될 겁니다.

그러니까 내 말이!

탕

그 여세를 몰아서 당장 놈에게…

무모합니다. 현재 고산의 경호대는 우리 팀과 달리

젊고 준비돼 있어요. 그들과 맞서려면

전력을 재정비할 시간이 필요해요.

물론 우리가 준비를 마친다 해도

팀 대 팀의 무력 충돌은 양쪽 모두에게 손실.

백경대와 백경대의 전투… 절대 일어나선 안 될 일이죠.

두 가문의 감정적인 충돌을 내심 환영할

8우주 귀족들의 부추김에 흔들려서도 안 됩니다.

동시에 그동안 고산가의 백경대가 사업 파트너들에게 심어준

공포를 우린 경계해야 합니다.

그럼 앞으로 뭘 어쩌겠다는 거야?

오른뺨 맞았으니 왼뺨도 내놓자고?

명분!

응원을 받을 수 있는 공적인 명분!

당장은 평의회를 끌어들여 고산의 흥분을 가라앉히고

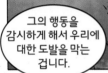

그의 행동을 감시하게 해서 우리에 대한 도발을 막는 겁니다.

답답해진 고산은 새롭게 우리와 손잡은 자신의 옛 사업 파트너들을

자기 경호대로 압박할 겁니다.

그제서야 우리가 나서는 것이죠.

고산에게 협박당하는 귀족들을 보호하고 돕는다는 명분!

그를 미치광이로, 8우주 공공의 적으로 내몰아

압사시켜 나가는 동시에

우린 진짜 미치광이들과 손을 잡는 거예요.

종단의 새로운 파트너로 자리매김 하는 거죠.

이번 충돌 사태는 종단과의 협상을

유리하게 이끌어내는 역할을 하게 될 거예요.

종단의 골칫거리인 데바림들을 넘겨줌으로써

그들에게 우리의 의지를 보여 주는 쐐기를 박게 될 겁니다.

도련님!

데바림 수장의 면담 요청이 있습니다.

72

아…

뭐야?

지금 주무십니다. 이따가…

이런 제기랄! 아무렴! 어련 하시겠어!

비켜! 당장 비키지 못해?

탕

뭐야?

저 양반 왜 저래…?

ZZZ…

ZZZ…

이 자식…!

퉁 퉁

퉁

……

뭐야?

이게 뭔데?

저희를 보살펴주시는 데 대한 작은 선물 입니다.

행성 모압에 있는 사물 큠…

콴의 냉장고 열쇠 중 하나 입니다.

아, 글쎄 그런 걸 내게 주는 이유가 뭐냐고?

......

엘가엔…

집안 대대로 내려오는 악덕의 상자…

…라는 개념이 없는 건가요?

악덕의 상자?

뭐야, 역겨운 중산층 놈들이 지어낸 그런 이야길…

오… 하즈 님…!

엘가의 경영에 참여하면서

도련님께는 피 한 방울 묻히지 않은 거로군요.

소문으로만 듣던 하즈 님의 명성을

두 눈으로 확인하는 순간입니다.

내 앞에서 그놈 칭찬할 거면 당장 나가!

아닙니다, 도련님.

이 8우주에서 이름 있는 사업체를 운영하는 귀족이라면

어떤 집안이고 악덕의 상자를 가지게 마련입니다.

사업 중 일어나는 음모, 갈등, 배신을 해결하는 공간,

깨끗히 치워야 할 대상이나 일들을 흔적도 없이 처리할 공간…

우주 패트롤이 쿵 요원들을 고용하기 시작하면서

귀족들은 좀 더 안전한 악덕의 상자가 필요했고

거기에 사물 쿵들이 쓰이기 시작했…

일어나!

예?

일어나라고! 이 자식아!

도… 도련님…

큰 존재의 손가락 끝 여정은 시작과 동시에 끝나버리죠.

작은 존재가 아직 한참을 달려야 하는 반면…

이런 논리로 이 우주는 이미 시작과 동시에 끝나 있다는 겁니다.

우리는 단지 우리의 시간대에서 그 과정을 부지런히 쫓고 있을 뿐.

큰 존재… 이것이 정해진 미래입니다.

우리가 꿈을 통해 보는 것이 바로 이것이지요.

인과율을 지킨다는 건 이미 결정된 미래 안에서

저희의 생존 조건을 지키는 선택 행위일 뿐이에요.

엘가가 8우주의 새 주인이 된다는 것,

그것이 저희가 본 것입니다.

지금 그 얘긴 그러니까…

내가 어떤 결정을 내리더라도 우리 집안의 미래는 변치 않는다고?

정확히 말하자면 도련님이 내릴 모든 결정은

엘가문이 새 주인이 되는 인과율 안에 있다는 것입니다.

남의 집 앞마당에 똥을 싸지른 망나니를 붙잡아다가

버르장머리를 고쳐놓겠다는 결정을 내리더라도?

네, 도련님.

실행만 된다면 그것은 인과율 안에 있는 선택입니다.

콴의 냉장고 류의 사물 쿵은 내부로 들어가면

양자 통신까지 끊기죠.

일단 닫혀진 내부에서는 어떤 하이퍼 쿵도

안팎을 오가는 순간이동이 불가능하고요.

OFF

악덕의 상자로 쓰시기에 손색이 없습니다.

......

맙소사…

사실 난 너희를 종단에 팔아넘긴다는 하즈의 계획이

무척 마음에 들어.

이제 한 가지 약속하지.

종단과의 협상에서 우리가 원하는 조건을 끌어내면

무슨 수를 써서라도 너희를 반드시 이곳으로 다시 데려올 거야.

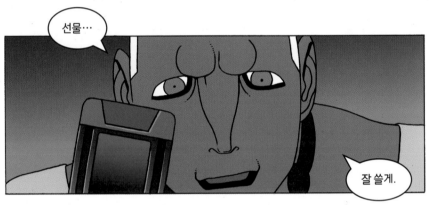

선물…

잘 쓸게.

짝

탁

제기랄!

콧수염!

아, 뭐야!

......

짝 짝

꽉

어서! 어서!

혹시 도련님이… 내게 말하지 말라고 시킨 거냐?

모리 님을 불러 확인하세요. 응? 응?

딱

……

감사의 인사라…

저기… 지금 드릴 말씀은 딱히 아닌 것 같긴 한데요.

그럼 하지 마!

하반기 회계 감사팀 파견이 계속 지연되고 있어서요. 언제쯤…

넌 어디로 가는데?

행성 네카르요.

네카르…?

네카르라면 지금쯤…

……

지금 이 마당에 축제 시즌은 놓치지 않으시겠지? 네가 그러고도…

아악! 잘못했어요!

후욱…

후우욱…

절개 부위… 고정할까요?

아니, 조금 더 잘라야 돼.

……

잠시 나가 있을게.

81

뭐가?

뭐가 당황스럽다는 거야?

저희 입장에서 생각해보시면…

이건 너희 임무와는 관계없는 나와 공작 간의 사적인 일이야.

왜? 너희들 경호 임무에 페널티라도 적용될까 봐?

내 결정이야. 그러니까 그런 부담은 갖지 않아도 돼.

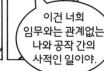

이 집안에서 너희가 명령을 따라야 하는 건 두 사람!

!

계약 내용… 기억 안 나?

고산과 나! 너희가 목격한 건 주인끼리의 다툼이니

애초부터 너희들이 끼어들 틈은 없던 거야. 그러니 자책할 필요 없어.

$!@#%&…

당황하지 말고 자기 자리로 돌아가.

평소대로 자기 위치에서 주인의 호출을 기다리면 돼. 알겠나?

……

예…

엘가로부터…

급한 전언입니다.

구 백경대 오리엔테이션?

거기다 데바림 수장이 카인에게 보복 테러를 부추겼다고?

하즈… 그 친구는? 거기에 동조했대?

그렇지 않아도 그런 일을 사전에 막으려고 대화 내용을 그에게 알리지는 않았다고…

당연히 그래야지.

하즈가 그런 멍청한 짓에 동의할 리는 없지만

만일 카인의 보복을 적극적으로 돕겠다고 나선다면

우리가 감당하기 어려운 치명적인 싸움을 걸어올 거야.

우리 편이라면 좋을, 정말 욕심나는 전술가지.

안타깝게도 우리와 맞서는 이상…

틱 틱

가장 먼저 치워야 할 적인 거고.

이 상황에서 우리가 엘가에게 내밀어야 하는 건

틱 틱 틱

손인가? 주먹인가? 아니면 둘 다?

……

솔직히…

저 역시… 최근 공작님의 행동엔 제동이 필요 하다고 생각이 들었어요.

틱 틱

하지만 이건… 방법이 너무 지나친 것 같아요.

대체 이게 무슨… 이래서는…

후욱…

후우욱…

메이헨!

내 행동에 대한 평가는 나중으로 미루지.

틱 틱 틱

지금 당장은 발등의 불부터 끄자고.

……

……

평화의 사절로 잠시 엘가에 다녀와.

네에?

난 지금 당장 경호대를 통해

확인해야 할 일들이 있어. 잠깐만!

오, 나의 수제자여! 청출어람…

…이긴 한데 빌어먹을!

쳇! 돼지 아저씨가 이 판국에 무슨 축제냐고…

젠장! 하필 이럴 때…

난 뭘 더 처먹겠다고

이런 인생의 기쁨을 놓치는 거지?

놓치지 않으면 되잖아요.

응? 어떻게?

그냥… 째요.

돼지가 뭘 어쩌겠어요? 걱정하시는 최악의 경우가 뭐죠?

해고? 그게 전부잖아요.

어차피 그동안 이래저래 챙길 건 다 챙겼고…

무엇보다 우린 네카르에 일하러 가는 거라고요. 축제는 보너스!

오늘 저녁은 네카르의 아름다운 걸들과…

아, 이 달콤한 악마의 속삭임…

짐은 이미 꾸려놨어요.

설마 여객선 예약까지는…?

3시간 뒤 출발합니다.

뭐?

네!

……

엘가의 재정 수익을 지키기 위한

어쩔 수 없는 과감한 결단이라고?

저 친구 얼굴에 드러나는 결연한 의지를 보세요

……

웃음 참지 마.
너희들처럼 나도 내 일에 최선을 다할 수밖에.

하즈 님께 지금 이 대화를 여과 없이 전송할 거야.

일 끝내고 복귀했는데 너희 의자가 안 보이면 둘 중 하나!

승진했거나…

해고됐거나.

일 처리는 야무지게! 행운을 빈다. 이 망할 놈들!

네엡!

틱
OFF

야호! 오라! 네카르의 환락의 낮과 쾌락의 밤이여!

우리가 완전히 불살라 주마!

어때? 올드보이들 흔적 좀 잡혀?

경찰 특공대에게 콴 영감의 친구라고 자신들을 소개…

냉장고 지킴이… 라고도 얘기했어.

경찰들 치우고…

공간치환 능력으로 헬게이트…

…숨긴다.

츠츠

열쇠 찾으러 경무관에게…

스윽

!

웃!

전사체랑 함께 임무라니…

스릴 넘치네. 컨트롤러는…

아, 저기에 와 있군.

……

86

!

방금 컨트롤러가 지하에 묻힌 사물 쿵을 감지했어. 크기로 짐작건대…

올드보이들이 숨겨놓은 헬게이트… 멀지 않아. 위치는…

오케이!

거기! 공간 치환하는 녀석 있지?

……

츠츠츠

끄아아… 돌겠네.

고산가 이 개놈 말하는 꼬라지…

뭐? 임무 중에 걸리적거리는 게 생기면 전부 치우랬다고?

이것들이 우릴 뭘로 보고 ……

야, 이 등신아!

사형들 심장 뽑히는 동안 넌 옆에서…

그만해!

누구보다도 힘든 건 막내야.

고산가 경호원들…

우리와는 비교도 안 되는 금값을 받는 친구들이니

우리같은 껌값들이 걸리적 거릴 수도 있지.

그런데 말이야…

내가 공감할 수 없는 건

그것들이 우리에게 전하겠다는 메시지야.

ㄷㄷㄷㄷ

공포라니…?

누가 누구한테 공포를 준단 말이야?

우린 단지… 큐잉이라는 이유만으로 어린 시절 부모 손에 이끌려

종단에 헐값으로 팔렸을 뿐이야. 우리 의지가 아니었다고.

그런 우리들에게 유일한 위안은 같은 처지의 사제들이야.

그런데 그것들이 그런 우리 형제를 걸리적거린다고 치웠어.

그래놓고는 통장에 잃을 게 많은 놈들이

더 이상 잃을 게 없는 우리에게 공포를 준다고?

8우주 전역에 깔린 종단 큐잉 사제들에게

지금 우리가 느끼는 분노를 공감하도록

고산가 개의 메시지를 공유시켜.

진짜 공포가 무엇인지…

누가 누구에게 줄 수 있는 건지.

이번 기회에 확실히 알려주겠어.

끄으으읍…

제기랄! 조용히 좀 해!

아까 그놈한테 머리까지 날아가고 싶어?

괜찮아. 진정해.

일단 단면을 잘 맞추고…

어쩌려고…?

치료에 앞서 우선 떨어지지 않게…

절단면 치우고…

맙소사! 정말 그렇게 붙는 거야?

치료는 지금부터.

아니. 이건 급하게 출혈을 막기 위한 바느질 수준인 거고…

위아래로 계속 오가면서

내 손을 지나는 정상 부위의 단면 정보를

상처에 계속 투사해서 일종의 동기화…

도대체… 아까 그건 뭐야?

……

전사체.

그게 뭔데?

후우우…

뭐? 그… 그럼…

물론 그런 일 생기기 전에 여기서…

오케이!

손바닥에 더 이상 걸리는 느낌이 없어. 발목 움직여봐.

일어날 수 있겠어?

89

웃차…

슥

하아아…

천만다행이야.
요긴한 기술이군.

썩지 않는 여기
특성 때문에

시간이 짧게
걸린 것 같아.

찌릿

크으악!

아, 그건
절단시 충격이
아직 몸에 남아
있어서 그래.

그런 반응이
당분간 수시로
올 거야.

……
콧수염의
말대로라면…

아까
그 괴물로부터
안전해질 수 있는
방법은…

다시
맞닥뜨리기
전에

이곳에서
나가거나…

최악의
경우,

저놈을
치우거나.

고산 공작이
사촌에게 피격을…?

최근 고산의 행동을
고장난 브레이크로
비유하면서 충동질
했더니…

결단을 내려야
했던 모양입니다.

과감한 판단과
행동에 저 역시
놀랐습니다.

말이 통하고
설득이 되는
친굽니다.

고산가에 대한
종단의 정책 변화를
이해하고 수긍할
거예요.

공작의 회복은?

꾸준히 손쓸 테니 더 이상 그 아이에게 신경 쓰지 마세요.

이거 정말… 닥터가 큰일을 했군.

합당한 보상을 준비할게. 지금 당장 8우주 귀족들에게 고산가 내분 소식을…

흠…

하지만… 아직 고산가엔 경호대가 있어.

총무님!

이… 이건…

탕

비켜! 걸리적 거리는 건 너희야!

까야아…

올드보이들을 추격하던 백사회 사제들이

퍽

퍽

고산 경호대의 테러 현장 기억을

쾅

챙

8우주의 모든 쿵 사제들에게 공유시켰다고 합니다.

이에 흥분한 사제들이 고산가 사업장을… 이렇게 되면…

나쁘지 않아. 고산의 도발을 공개적인 이슈로 만드는 효과가 있어.

하지만 우릴 견제하는 평의회와 귀족들의 공감을 얻긴 어렵지.

그래서 필요한 게 그들의 간섭을 막아줄 명망 있는 엘가…

고산가 내분은 기막힌 타이밍이야! 엘가에 심어놓은 매니저들에 의하면

엘의 아들 역시 이번 도발로 고산을 노리게 됐다고.

우리가 가장 경계하는 8우주 최강의 화력, 백경대…

엘가가 사들인 구 백경대와

우리 백사회가 협력한다면…

91

이게 예언의 힘인가?

뭘 해도 된다고 하니 오히려 흥분이 가라앉고 차분해져.

그래, 하즈의 말대로 당장 구 백경대 전력으로

고산에게 맞서는 건 무리야. 그 화력 차이를 메꾸려면…

팅

도련님!

뭐?

고산의 피격?

이건 또 뭐야?

믿을 만한 정보들인가? 도련님께서는?

같이 보고 드렸습니다.

탕

그래! 이거로군!

데바림 영감이 말한 게 이거였어!

고산 피격에…

망나니 짓거리에 종단 사제들의 보복이라니…

지금 바로 종단 담당자에게 연락해!

네?

공식적인 회합이 있기 전에

내가 직접 비공식적인 방문을 하겠다고!

택배선 사고에 대한 보상을 다른 걸로 받고 싶어.

고산에 대한 보복…

그 책임을…

종단과 나누는 걸로 말이야!

역시…
이 총은 격발이 돼.

돌발행동이라도
할까 봐 내 총에
손댄 거지?

그런 줄도 모르고
하마터면

전사체라는 것
앞에서 용쓰다
죽을 뻔했어.

망할 자식!
내가 약쟁이라고…

약쟁이는
죽어도 된다는
거야?

흥! 나만
당할 순 없지!

콧수염 네놈 총과
내 걸 몰래 바꿔놨거든.

너도
어디 한번
당해봐라!

!

왜? 뭔데?

으… 이걸 뭘로
떨쳐내지?

아! 그 수프 좀
남아 있나?

응. 많이.

뭐야? 지금
뭐 하는 건데?

일종의
세척…

저 친구한테
무슨 문제라도
있던 거야?

저 친구…

차라리
죽느니만 못한
상태야.

응?
꾹

부르르르

이 메추리 알은…?

……

이 정도 떨림은 도구 없이도 가능하고. 우린 만족해. 당장 꺼져!

그 초코볼같이 생긴 물건을 곧 만나게 될 친구에게 꼭 좀 전해주십시오.

뭐야, 다짜고짜!

그건 특별히 제작된 양자 통신 뇌파 공진기입니다.

차라리 택배를 시켜! 이 양반아!

파

고향에 있는 롯 님의 가족들…

내가 왜 당신의 사랑의 메신저가 돼야 하는 건데?

아, 글쎄! 그런데 날보고 어쩌라고?

이 일을 직접 맡지 않으시면

모두 죽게 됩니다.

뭐가 어째?

반드시 모압의 사물 쿵, 콴의 냉장고 그 안에서

수령인은…

실험체!

가족들을 위해서라도 하셔야죠.

물건은 전달돼야 합니다!

지금 냉장고 안에 있을 종단 프로젝트의

......

꾸욱.

내 가족들한테
일 생기면 너희
데바림은 몰살
이야. 꺼져.

네에.

탁

아저씨.

일루 와봐.

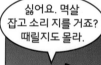

싫어요. 멱살
잡고 소리 지를 거죠?
때릴지도 몰라.

결국 내 말대로
할 거면서.

대화…

곽

곽

대화합시다.
일루 와.

뭐? 고산가에서
백경대 소집령이
있었다고?

네, 하즈 님.

우리와 계약한
친구들은?

여기서
장례식 준비를
돕다가 메시지를
받았는데요.

몇몇은 잠시
머뭇거리는
듯했지만

이곳에 있었던
충돌 상황을 모두
공유한 터라
이내…

그래.

지금
고산가의 정황
이라면 소집 이유를
궁금해할 필요는
없겠지.

도련님 말대로
우리 경호대의
새 이름…

그리고
소집령 신호가
급하게 됐군.

......

99

그런 수고를 거쳐서 그 장난감을 전달하고

방금 한 이야기를 전하라고?

꽤나 번거로운 심부름이군.

무엇보다 엄청나게 화가 나고.

내가 왜 남의 가족을 걸고 넘어지는 양아치 염소의 말을 따라야 하지?

앞을 본다면서 무슨 사기를 치는지 어떻게 알아?

롯 님은 가족의 생사가 걸린 문제지만

그런 롯 님을 상대하는 저희는 일족 전체를 거는 겁니다.

닥쳐. 그런 어필 무의미해.

내 가족에 비하면 너희 일족 같은 거 안중에도 없다고.

단지 내 가족의 안전이 전부야. 문제가 생기면

네가 언급한 책임을 지고 너희는 몰살!

네!

염병...

......

TO: 아틀 선생님

찢어놔도 다시 달라붙는 고산가 강아지 때문에 기분이 개떡 같았는데

뜬금없는 염소 아저씨가 결정타를 날리네.

분이 풀릴 때까지 근처 도살장에라도 다녀와야겠어.

이건... 뭐라고 읽는 거야?

미...

미라이.

미라이?

저희 일족에겐...

신의 선물 같은 아이였습니다.

100

그래?

엘가의 도련님이 직접 비공식적인 방문을?

네, 총무님.

이거 엘가에 의탁한 데바림들을

우리에게 넘기려 한다는 이야기까지 들리는 마당에…

아무래도 고산이 피격된 이 상황을

놓치지 않으려는 이심전심…

내일 당장이라도 뵙자고 답변 드려.

네!

데바림들이 엘가에 있다면…

올드보이 추적은 이제 무의미하겠군요.

모압에 나가 있는 백사회 사제들은 철수시킬까요?

……

아니. 모압 헬게이트에 데바림이 쌓아놓은 마약들…

지금 소동이 정리되고 나면 소유권 문제로 고산가나 엘가와 충돌이 생길지 몰라.

미리 손을 써놔야지.

사제들에게 그것들을 태궁 제3기지로 옮기라고 해.

내가 번잡할 때마다 여길 오는 이유가 뭔지 알아?

불안한 미래의 돌발 변수들을 모조리 이곳에 가둔 느낌 때문이야.

마음이 안정되고 편안해지지.

이번 일이 잘 마무리되면 대주교가 되는 내 미래는

활짝 열리는 거다.

아…

물론입니다. 저희 역시 무의미한 충돌을 원하지 않아요.

무엇보다 고산가의 도움이 없었더라면 지금의 저희는 있을 수 없는 걸요.

직접 찾아뵙고 이번 소동에 사과와 함께

저희 입장을 상세히 전하라는 작은 어르신의 분부가 있었습니다.

아, 그렇게까지… 알겠습니다.

그럼 이곳 상황이 정리되는 며칠 내로 일정을…

……

그래, 역시 상식적인 반응이군. 아무렴.

서로가 손해보는 일을 엘가도 바랄 리 없지.

방문 일정이 오는 대로 수고해줘.

네.

후우욱…

후욱…

패드릭!

네, 도련님.

이거… 종단에서 보내준 좌표…

확인해봐.

팅

총무주교와의 미팅 장소야.

장례식 전에 얘기 끝내고 올 거야.

고산가를 발칵 뒤집어놓을 이벤트를 준비하러 가자고.

……

이놈은… 뭐가 이리 즐거운 거지?

설마 하즈가 손을 놔버린 건 아닐 테지?

나처럼 우유부단한 인간으로 키우고 싶지 않았어.

하지만 이렇게 경거망동한 건 더 곤란해.

롯은…?

지금 어떤가?

아무래도 고산가에서…

자존심에 상처를 많이 받은 것 같습니다.

어차피 쿵들 충돌에서 절대 우위란 없는 거잖아.

내가 아는 한 롯은 최고야. 보너스 챙겨줄 테니 기분 풀라고 해.

페드릭을 도와 새로운 팀의 실질적인 리더 역할을 해야 한다고…

아…

i / 팅

백작님!

이 친구야. 직통 전화는 쓰지 말라고 했잖아.

죄송합니다. 기다리시던 급한 사안이라…

펜타곤의 리더 엘드곤의 소재를 파악했습니다.

!

거 듣던 중 반가운 소식이군.

가야, 롯이 해야 할 일이 생겼어. 당장 오라고 해.

네, 백작님.

드디어 내 머릿속에 박힌 사물 큉 탄두를 빼낼 수 있겠군.

얼굴을 고치고 이 답답한 가면을 벗어버릴 거야.

!

......

오, 이런 가여운 것...

불안해할 것 없다, 가이린.

난 네 아버지를 다치게 할 생각은 추호도 없어.

그러니 마음 놓으렴.

......

종단 사제들 테러로 사업장이 엉망이군.

여기저기... 온통 SOS야.

아무리 우리가 먼저 시비를 걸었다지만 이건 아니지.

이곳에 두서너 명만 남기고 백경대를 투입해.

사태가 진정될 때까지 강력한 대응으로 업장을 지켜야겠어.

1차 경고를 무시하고 들어오면 사제 놈들 전부 치워버린다.

단호한 태도를 보이면 종단에서도 수습하려 들 거야.

지금 사태를 어정쩡하게 용인하면

우리에게 불만을 품고 있는 귀족들에게

쓸데없는 저항의 빌미를 제공하게 될 테니까.

허면 이곳에 백경대 공백이 생길 텐데...

괜찮을까요?

그게 무슨 소리야... 괜찮지 않으면?

8우주의 그 누구도 감히 이곳을 넘볼 순 없어.

너흰 그동안 꼭대기에서

전사체인가 하는 거 경계하고 있고.

네에…

슈슈슉

……

대체… 이 안에 들어온 지 얼마나 지난 거야?

사물 큄이랍시고 나갔더니 몇백 년 지나 있는 건 아니겠지?

모르지. 사물 큄마다 다른 특색이 있으니…

실버퀵 놈들이 사라져버린 몇백 년 뒤라면 괜찮아.

!

아… 안 돼, 그건. 그녀에게 제시간에 돌아가야 돼.

젠장! 이런 곳에 갇히게 된 건 전부 그놈 때문이야.

여기서 나가면 제트 그 자식이랑은 두 번 다시

쓸데없는 내기 같은 거 안 할 거야!

…제트?

방금 제트라고 했어?

내 훈련생 중에도 그런 이름의…

아무렴. 이 우주에 흔해 빠지고 성의 없는 네이밍이지.

성의 없다니? 별명이 따라붙는 자기 본명이 싫대서

훈련원 퇴소할 때 내가 꽤나 신경 써서 지어준 이름이라고!

본명이 뭔데?

행크!

어때?

열쇠가 맞으면 티릭 하는 소리와 함께 치익 하고 열릴 거야.

친절한 설명 고마워. 아직 안 맞아.

더! 더 안쪽으로 들어가봐.

대충 파악해 보니까 바깥쪽보다 안에 있는 게

찾는 날짜에 가까운 것 같아.

어서! 어서 움직여!

아, 예…

왜?

혹시 아는 친구야?

아… 아니. 내가 아는 놈은 하이퍼는 아니야.

그래? 하이퍼 중엔 뒤늦게 다른 기술이

발견되는 경우가 종종 있어. 그 친구의 경우도…

그 친구는 지금 어디 있는데?

모르지 뭐. 내 제자들이야 자기 앞가림은 하니까 어디든…

……

도저히 못 참겠어!

벌떡

응?

이봐, 어디까지 내려간 거야?

열쇠는 맞춰보고 있어?

……

사랑하는 고객님, 잠시만요!

아, 깜짝이야! 뭐야? 보초 서라니까…

109

당신은 꽤나 겸손한 녀석…

아, 그만 좀 해.

전사체 안 오는지 잘 살피고 있어.

……

……

도대체 뭐야? 저 꼬마 놈 안에

갇혀 있는 여자는?

오, 이런…

맙소사!

허
억

그…

그만…

……

후우우우…

괜찮아요, 선배?
좀 쉬세요.

지상 근무까지는
아직도 3주나 남았어.

요즘 연애를
못하니까

아주
돌아버리겠다.

미안…

꾸욱

【9】

칙
이
익

!

9번 방…

꽤 버텼네.

이봐, 정신 차려! 숨 쉬어봐!

웃차!

네가 누른 버튼은 자살용이 아니야.

이봐…

!

커허억…

퍽

까득

사… 사형!

선배 말이 말 같지 않아?

내부 카메라 끄고 나가 있으라니까!

퍽

퍽

……

어서!

탁

이 개자식…

퍽

감히 날 쳐?

어떻게 굴렀길래 반사적으로 주먹부터 뻗어? 이 미친놈아!

퍽

못 견디다 죽겠다고 버튼을 누른 거 아냐?

퍽

퍽

그럼 구원의 손길에 감사할 일이지…

퍽

틱

왜? 사제복 입고 있으니까

113

너희들 응석을
다 받아줄 것 같아?

잘 들어!
이 검은 사제복은

떠

팅

떠

떠

종단 장례행사 때
입는 거야!

우리가
어떤 자세로
너희를 대하는지
알겠냐고?

떠

떠

이… 이봐!

진정해…

잘 알겠으니까…
진정하라고.

잘 알겠다고?
네가 알긴 뭘 알아?

떠

떠

떠

갓 들어온 신입
주제에 우리의 감금
생활을 안다고?

떠

떠

떠

너흰 일이라고
수시로 들락거리기나
하지.

6개월 내내
여기 갇혀 어떤
보상도 없이 신앙심
하나로 버티는

우리 사제들의
심경을 너 따위가 넘겨
짚기나 할 수 있을 것
같아?

크크크크…

!

방금 내가
뭐라고 한 거야?

스윽

……

히히히히…

죽겠다고
버튼을 누른 주제에
얻어맞는 게 아프니까
진정하라고?

타앗

어디…

콰악

아아아아악!

이 빌어먹을
개자식…!

크히히히히…

상대에게 상처를
줄 수 있는 걸 보니
분명히 나…

살아 있네.

그렇지 않아도
한 놈만 걸려라
하는 심정으로

버티고 있었는데
너 잘 걸렸다.

차라리
죽는 게 나을 뻔
했다고 느끼게
해줄게!

퍽

퍽

퍽…

키히히히히…
고마워…

퍽

퍽

퍽

그래, 난 좀
맞아야 돼…

그렇게 쉽게…

버튼을
누르다니…

퍽

양심도 없는
쓰레기…

살려줘서…
정말 고마워.
그녀에게…

퍽

덜 미안해할
기회를 줘서…

115

......

뭐야, 내 제자가 네게 원수진 일이라도 있었던 거냐?

정말 녀석의 행방에 대해 전혀 아는 게 없는 거야?

그러고 보니… 행성 우라노의 늑대굴에 들어갔다던가…

......

후우우우…

뭐야, 무슨 일인데? 얘기해봐. 누가 알아? 내가 도움이 될지…

별일 아니야. 그냥 이 넓은 우주에 서로 아는 사람 이라는 게…

아무래도 녀석한테 큰돈이라도 떼인 모양이군.

그러니 약쟁이한테 돈까지 써가며 기억을 묻지.

아!

이런 멍청이!

왜 진작 그 생각을 못했지?

어디 가?

약쟁이한테 돈 쓰러!

......

뜻밖에도 제트에 대한 언급이 네 입에서 튀어나올 줄은…

이로써 명료해졌군.

우라노의 무혈사신 다이크!

널 반드시… 엘에게 팔아 넘긴다!

네에…

……

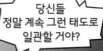

당신들 정말 계속 그런 태도로 일관할 거야?

우리가 내는 분담금으로 평의회 운영되는 거 몰라?

감사로 우리 발목 묶어둘 거면

당장 모압으로 패트롤 급파해서 우리 쾽 부대원들 생사 좀 확인해 달라니까!

네에…

이런 제기랄! 도대체 언제? 지금 한시가 급하다고!

칼번의 요청이 먼저이긴 한데요.

지금 더 급한 일이 터져서 인력이 전부…

이것들이 지금 그걸 말이라고…

걸리적거리던 쾽 부대라고 이때다 싶은 거냐?

아뇨. 지금 교차공간에 테러가 발생해서…

뭐…?

행성 야냐, 교차공간 관리국

텅

콰앙

크아아아…

……

뜻밖이군. 이곳 경비가 이렇게까지 허술할 줄이야.

명색이 평의회가 관리하는 곳인데…

터엉

우와아앗…

별 탈 없는 곳이라고 싸구려 쾽 놈들에다

전투 경험 없는 귀한 집 도련님들만 착출돼 온 거냐?

117

쩌엉

누군들 이런 막강한
요새를 뚫을 수 있을 거라
상상이나 하겠어?

문제는 같은 생각을
방어하는 쪽에서도 가지고
있었다는 거.

츠즈

……

맙소사!
전사체 컨트롤러는
아사 직전…

어딜 가나
조직 예산을 중간에서
갈취하는 아귀들…

뭐 그 덕분에…
우리야 좋지.

즈글
즈글

이제 곧
평의회 지원군이
밀어닥칠 거야.

단숨에
중심 코어까지
건너가자.

츠즛

그랬군.

츳

…뭐가?

8우주를
벗어나라는 힌트는
그동안의 우리 헌신에
보답하는

츳

아론 선생의 마지막
선물인 거야.

아마도
고산가에 끌려가
최후를 맞았을
우리,

츳

선생은
인과율의 범위
안에서 우리의 운명을
대체한 거다.

8우주에서
맞닥뜨릴
죽음을

츳

8우주에서
사라지는
것으로…

여기에서의
인연을 오래 기억
하자고 했어.

우린 교차공간
뚫기에…

성공한다.

특별한 손님들만 모시는 저희 사물 쿵의 내부입니다.

비공식적인 대화가 오가기에 적당한 장소죠.

이렇게 직접 찾아와주셔서 영광입니다.

칭

저야말로… 요청에 응해주셔서 감사합니다.

총무주교님의 공식 방문 때

저희도 여기처럼 특별한 곳으로 모시겠습니다.

스윽

슉

이쪽으로…

공감합니다. 마찬가지로

종단에서 진행하는 사업들의 확장과 안정을 위해서는 8우주 귀족들의 협조가 있어야죠.

그런 의미에서 그들의 지지를 받고 있는 엘가의 도움이 필요한 겁니다.

동의해주신다면 이번 택배선 사고와 그간 있었던

사업장에서의 마찰들이 오점이 되지 않도록 조치를…

주교님…

비공식적인 자리에서 지나치게 공식적인 말씀을 하시는군요.

이런 이야기는 어떻습니까?

저희는 종단 택배 사업의 또 다른 목적에 관심이 있습니다.

!

고산가가 참여한 종단 사업들의 지분을

같은 조건으로 저희와 나누시죠.

택배 사업의 또 다른 목적이라니…

대체 그게 무슨 말씀이신지…

거 왜 있지 않습니까?

8우주 전체를 대상으로 한…

……

아, 헤글러…

탁

작은 어르신.

뭐야, 언제 온 거야?

예, 방금.

그래, 네가 고생이 많다.

……

……

……

상상도 못했던 얘기를 꺼내시는군요.

들려주신 말씀은 윗분들께 여쭤겠습니다.

여쭤지 마시고 통보하시죠. 업무 결정권은 주교님 거잖아요.

더 큰 그림을 그리기 전에 우선 당장

우리가 함께 할 수 있는 일을 제안드립니다.

고산가의 백경대…

함께 치시죠.

왜? 뭐? 나 지금 바쁜 거 안 보여?

부탁이 있어서.

내가 그딴 걸 들어줄 리가 없잖아.

아, 좀 들어봐.

백작님이 이번에 새 경호팀 꾸려지면

우리한테 리더 역할을 맡길 거래.

난 말이야. 그딴 거 질색이라구.

선배 말 잘 들을 테니까 난 거기서 좀 빼줘. 응?

……

네놈이 더 괴로운 쪽을 택하는 게 내 기쁨…

…이긴 하지만 너랑 같이 리더를 맡는다면 내 화병이 더 깊어질 거야. 알았어.

분명히 약속했어.

어디야? 밖인 것 같은데…

외행성 태모신교 사원. 도련님 경호 중이야. 그러는 넌?

끄아아아… 백작님 심부름. 펜타곤 리더…

엘드곤이란 놈 잡아 오래.

그래? 그놈 어디에 숨어 있었대?

그게… 등잔 밑이 어둡다고

여긴

우라노의 한 재래시장이야.

……

제 계획이 터무니없다고 생각하시는 거죠?

네, 도련님.

심통난 동네 골목대장 아이의 생각 같아요.

그렇게 유치한가요?

그래서…

가치가 있다고 판단됩니다.

너무 단순하고 과격해서 그 누구도 예상하지 못할 테니까요.

단…

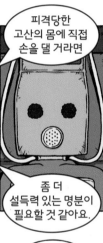

피격당한 고산의 몸에 직접 손을 댈 거라면

좀 더 설득력 있는 명분이 필요할 것 같아요.

도련님의 창의적인 판단과 행동이 다른 귀족들에게

고산과는 또 다른 부담이나 공포를 줘선 안 되겠죠?

……

무엇보다…

저희는 평의회의 감시를 받고 있습니다.

저희가 도련님과 함께 움직이면 고산에게 매수된 의원들이 가만있지 않을 거예요.

엘가에는 귀족들의 지지를 받을 만한 명분,

저희에겐 평의회에 맞서는 논리…

이 두 가지 사안을 동시에 커버할 수 있는 이슈가 있다면

엘가를 돕겠습니다. 누군들 고산 공작의 백경대가 달갑겠습니까?

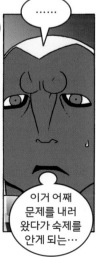

……

이거 어째 문제를 내러 왔다가 숙제를 안게 되는…

본명은 하아켄, 기술은 가속 능력. 종종 하이퍼로 오인될 만큼

엘드곤…

기술 응용력이 뛰어남. 좋아하는 색깔은…

이봐! 이봐! 뭔 뜬금없는…

이 친구 팬클럽이라도 만들었어?

어디에 있는지 얘기나 하라고!

아, 오른쪽 세 번째 골목길 살롱 마들렌…

오케이!

……

행성 칼번…?

행성 네게브의 붕괴 사고 이후에 내가 거길 갔었다고?

그곳에서 내가 겪은 일들을

하나도 빠뜨리지 말고 읽어봐줘.

근데 너 이 자식…

정말… 내게 줄 돈은 있는 거겠지?

만일 내 돈 떼먹고 달아나려다간…

아, 네. 고객님! 주지도 않은 돈 벌써 꾼 것 같네요.

대신에 자세하게! 말 하나! 행동 하나…

그 모든 것이 내겐 귀한 정보야. 부탁해!

……

우주선에서 내리는 두 사람…

흰 머리에 검은 옷…

살 빠지기 전의 나와 비슷하게 생긴 녀석…

밖에서 대기해.

네, 도련님.

......

제기랄!

양쪽 모두를
만족시킬 이슈라니…

페드릭!

네!

하즈 삼촌은
지금 뭐 해?

장례식 준비
마치고

새 경호대
창단 리허설 준비
중이십니다.

......

자… 잠시
넘어와서

숙제 좀
같이 풀자고 해.

뭐?

마빈 이놈 자식이…
내 허락도 없이 네카르로
튀었다고?

엘가의 수익을
지키기 위한 과감한
결단이라며…

의자를
빼버릴까요?

사람
자리 비웠을 때
그런 짓 하는 거
아니야.

그럼 월급을
반토막…

아랫사람
거느릴 때
생계를 틀어잡고
목을 죄면 반드시
탈이 생겨.

1개의 원한이
99개의 은혜를
덮어버리는 게
사람 마음.

내가 상대에게
베푸는 항목은 절대
건드려선 안 돼.

126

당장에
효과는 있을지
몰라도

늘 가슴에
나를 향한 원망을 품게
만드는 거야.

그럼…

청개구리 때문에
속 타고 애끓는 것도
관리자의 몫이지만
처벌은 해야지.

이 자식
복귀하는 대로 3개월
내내 야근이야.
단 하루도 쉬지
못하게 해!

옛썰!

하즈 님!

!

뭐야, 왜 이래?

가속 능력으로
몸을 다졌으면

총알도 튕겨낼
만한 근육을 가지게
되는 거잖아.

아저씨,
힘 좀 줘
보라고!

크윽!

푹

이런…
늙어서 근육이
물컹해진 거야?

이래선 쑤시는
손맛이 떨어지잖아.
힘 좀 써보셔!

시각적인
혐오를 줄이기 위해
한군데만 찌를게.

푹

크흐으윽…

늑대?
이리저리 잘도
숨었다면서…

왕년에 얼마나
잘나가셨는지는
모르겠지만…

잘 들어!
이 쥐새끼야!

푹

127

아, 이놈 왜 전화를 안 받아?

지금 네카르는 벌건 대낮이구먼. 일 안 해? 응? 응?

......

틱틱

틱 틱 틱

ZZZ…

ZZZ…

ZZZ…

ZZ…

!

아… 아저씨 누구…

아저씨? 어휴… 술 냄새가 여기까지 나는 것 같네.

당장 계정 열어! 하즈 님 말씀이랑 네카르 추가 회계 항목 보낼 테니까!

응…? 뭐?

네 계정 열라고!

응….

칭

으응…

ZZ…

예상대로 진탕 마시고 뒹굴고 있었군.

아, 부러워! 제기랄!

이게 뭐야? 후배 놈 뒤치다꺼리나…

이러고 다녀도 속 모르는 하즈 님은

월급은 깎지 말라시고…

세상 참…

!

뭐야, 무슨 외행성 통화 기록이 이렇게 많아…?

......

......

그…그래! 그런 친구들은 나이가 있으니…

역시 삼촌은 나와 거의 같은 생각을 한 거네.

뭐 아직은… 쓸 만한걸.

도련님, 당장은 장례식부터…

그러려던 참이야.

......

도련님의 판단은 아무래도…

하즈 님, 대단히 외람되고 주제넘습니다만…

대단히 외람되고 주제넘네. 어서 오늘 장례식 참석해.

네…

팅

하…하즈 님!

오, 이런 맙소사…

화상으로 얼굴을 가리고 다니던 사람을

이렇게까지 뭉개놓다니…

엉클, 여기는 전사체가 득실거려요.

웬만한 일은 그냥 넘기세요.

우욱! 우욱 우으으? (아이 씨! 왜 귓속말하고 지랄이야?)

으흥! 그래요 그 심정 공감해요.

130

내가 언제까지 네가 싸지른 똥 치워야 되는 거냐고!

이 빌어먹을 놈아!

퍽

후우우우…

휘

……

롯은?

탁

돌아올 때가 됐습니다.

그래, 롯이 도착하는 대로 행사를 시작 하자고.

자네들한테는 미안하게 됐어.

신구 백경대의 충돌을 피할 수 없게 됐다.

우리 새 경호원들이 최대한 덜 다치는 쪽으로 상황을 만들어볼게.

돌아가지. 도련님 준비 다 끝나셨을 거야.

……

네, 하즈 님.

백작님께 인사드려.

……

이마 바닥에 대고.

턱

133

손님 모시는 과정이 많이 거칠었군.

양해를 바라. 요즘 그 친구 신경이 무척 날카로운 상태라…

자넬 찾은 건 오래 전 자네가 내 얼굴에 박아놓은

사물 쿵 탄두 때문이야.

시간이 오래 지났는데도 여전히 고통스럽고 불편해.

이 답답한 가면 좀 벗게 도와주게나.

……

대답해! 대답!

팍
팍 팍

가이린은 이곳에서 잘 지내고 있네.

……

나와 내 아들에게…

사랑을 받으면서 말이야.

크아아…

크아아?

크아아라니?

그게 뭔데? 그게 무슨 소리냐고?

떡
떡
떡

그 아이는 정말 황홀해.

지난밤에는 달빛에 비친 그녀 에게서 문득

아슬린의 모습을 보았어.

!

과거 한때는 정말이지 자넬 찢어 죽이고 싶었었지.

그 상실감을 어떻게 보상받아야 할지…

134

하지만…
이젠 괜찮아.
내 곁에 가이린이
있으니까.

그 아이 덕분에
자넬 용서할 마음도
생긴 거야.

그러니 자네도
감사한 줄 알고 이제
우리처럼 그녀를
아껴야 해.

롯, 이 순간
이후로는 이분께 가족의
예를 갖추도록 해.

네,
백작님.

먼저 의무실로
모시도록.

옛썰!

하도르라고…

전에 문의하셨던
실버퀵 내사를 최초로
발의한 친굽니다.

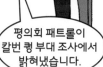

평의회 패트롤이
칼번 퀑 부대 조사에서
밝혀냈습니다.

감사가 있기
바로 전 상관 폭행
문제로

자진 퇴소
했다는군요.

이후의 행방은
알 수가 없어서

……

내사
발의 목적이나
동기는 알 수가
없었습니다.

이 친구
조사해봐.

네, 총무님!

뉴스 들었어요.
교차공간에 퀑들의
테러가…

……

진압됐습니까?

이… 이건 아직
대외비입니다.

알겠습니다.
말씀하시죠.

교차공간이…

뚫렸습니다.

135

……

웃기지 마! 가이린이 그런 말을 했을 리 없어.

다시! 그 부분만 다시 읽어봐!

에이, 씨! 입 아프게…

귓구멍 열고 똑똑히 들어!

품에 안긴다고 해서 제가 그의 소유인가요?

잠시 같이 지내는 것뿐이에요.

노예 시장을 통해서 저를 엘에게 팔아주세요.

다이크, 그 남자를 믿지 않아요.

저는 엘 님의 보호가 필요합니다!

……

네가 약속한 값어치 난 분명히 다 했어.

내 돈… 떼먹지 마.

……

하긴… 저 약쟁이가 나한테 거짓말할 이유는…

하지만 가이린이…

……

아무래도 여기 이상해.

이곳에서 알게 된 사실들… 어쩐지 자연스럽지가 않아.

마치 누군가 내게 중요한 정보들을 한꺼번에 모아주는 것 같아.

실버퀵의 시선을 피하기 위해 이곳을 이용하는 느낌이랄까?

데바림…

그것들이 흔히 말하는 인과율 개입… 같은 걸까?

제기랄! 갇혀 있다 보니 자의식 과잉이라도…

야! 볼일 끝났으면 어서 가서 망 봐!

티릭

!

슥

키에 맞는 박스 찾아서 열었어. 어서… 여기서 벗어나지.

밑에… 굉장히 위험한 게 깔려 있어.

……

위험한 거라니?

내 생각이 맞다면…

슈슉

전사체다!

텅 텅

텅

으아아아…

쟤는 왜 저기에 혼자…

터 엉

탁

크아아아!

137

부웅

티

저런! 내 돈줄…
죽으면 안 되지.

해치울 순
없어도

슈슈

뒤로
자빠뜨리기엔
충분할 거야.

슈

철컥

철컥

!

아… 안 돼!
콧수염 없으면…

퍼벅

콧수염!
제기랄…!

텅

으아아아…

찰칵

찰칵

제기랄! 이 상태로 있는 거 너무 불안해.

......

그래, 꼬마 다리 고칠 때처럼 나도 벽에 좀 넣어줘.

머리를 제외한 신체 일부만 가능해.

내 기술로는 3차원 복귀 때, 잠시 2차원화 됐던 자네 의식이나 지능까지 회복이 안 돼.

파충류 수준의 기능만 돌아올 거야.

뭘… 이미 파충류처럼 살고 있는걸.

응?

깜짝이야, 개자식아!

총 맞았으면 움직이지 마.

제기랄! 뒈지라구!

허억…

......

......

어차피…

어차피 반복될 상황.

총을 쏠 수 없을 때까지 쫓기다 목이 날아갈 거야.

......

그럼…

140

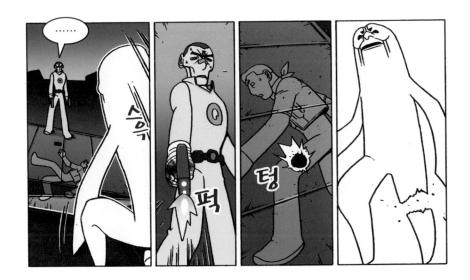

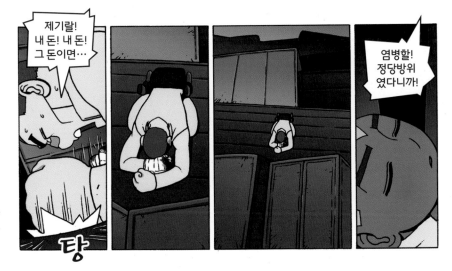

톡톡톡

······

열 받아!

누군 종일 처박혀 일만 하는데···

탕

나 같은 충신이 왜 이런 첩자 놈의 쾌락을 위해

희생 봉사해야 하는 거냐고!

어떻게든 골탕을 먹이고 싶은데···

!

그래, 이 자식 은행 계좌를···

비번 바꾸고 돈 한 푼 못 쓰게 아예 잠가버리자.

원인 불명의 시스템 오류라고 둘러대면

복귀할 때까지 꼼짝없이 숙소에 처박혀

죽도록 일만 하다 오게 될 거야.

티,

터엉

다시 진입로 폭발!

탱크로 밀고 들어가야 한다니까!

······

은퇴한 백경대 세 사람의 소행이

우리가 내야 할 교차공간의 복구 비용과

무슨 관계가 있는지 다시 한 번 설명해주시죠.

아, 오해십니다. 아무렴 저희가···

단지 분담금 부담에 대해 다른 귀족들의 저항이 있을 수 있다는 취지로···

144

물론 그런 일이 생기지 않도록 저희는 최선을 다할 겁니다.

……

의원님들 정말 너무 하시네요.

주고받는 게 거래 아닙니까?

저희 발목을 잡고 있는 사업권 규제는 그대로 둔 채

이런 일이 터질 때마다 회원국의 의무와 책임만 강조하시니…

그렇지 않아도 이번 복구에 도움을 주시면

동료들을 설득해 고산가에 걸린 몇 가지 특별 규제들을 없앨 겁니다.

믿겠습니다. 저희에게 원하는 액수를 결정해서 통보해주시죠.

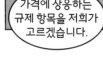

가격에 상응하는 규제 항목을 저희가 고르겠습니다.

감사합니다, 작은 어르신. 8우주의 평화가 고산가와 함께하길…

그럼, 이만…

정말이지…

틱

OFF

평의회는 이 8우주에서 가장 교활한 놈들이야.

고작 하이퍼 셋에게 뚫리는 게 교차공간의 보안 수준이라고?

뻔해.

복구에 들어가는 막대한 비용을…

웅, 복구 사업에 참여할 회사를 통해 직간접적으로

분담금의 일부가 의원들 뒷주머니로 들어갈 거야.

칭

뭐 그것들이 우리 돈으로 배부를수록

컨트롤이 쉬워지니 우리가 손해볼 건 없지. 보자…

지잉

당장 동원할 현금은 채무자들에게서…

이 목록에 나오는 행성들부터 수금하면 되겠어.

갈단

네카르

디몰

행성별로 회계팀 급파해! 팀당 백경대원 한 명씩!

145

146

아버지를 지켰던
영웅들에게

그 어떤 예우도
없었다. 그러고는
사전 통보도
없이

자신이 고용한
애송이들에게

여러분들이
쌓아 올린 명성과
몸값을

고스란히
넘겨버린 것이다.

이것이 자칭
8우주의 주인이란
자가 행하는 신의란
말인가?

여러분들이
그렇게 내팽겨쳐질

헌신짝 같은
존재들이란 말인가?

굉장한 박력…

하즈 님의
이런 기합은
처음인걸.

내 이름은 하즈!

엘가의
총무집사로 여러분
앞에 서 있다!

개망나니로
불리던 내
젊음은

분노의 나날
이었다.

많이 가진
원숭이들에게 짓밟히는
현실을

참을 수가 없었기
때문에! 부당함에 치를
떨었기 때문에!

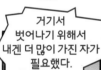

거기서
벗어나기 위해서
내겐 더 많이 가진 자가
필요했다.

딛고 일어설
발판! 원숭이들을
되 밟아줄 방편!

내로라
하는 귀족들을
찾아다녔다.

8우주의 귀족이란
단어를 들었을 때

우리 머릿속에
떠오르는 이미지는
크게 다르지 않을
것이다!

상관없었다!
그들은 내 목표를
위한 수단에 불과
했으니까!

그러다…

엘 백작님을
뵙게 됐다!

대놓고 귀족들을 까대고 있어. 내가 이래서 저 양반을 좋아 한다니까.

아, 좀 조용히 해!

이 8우주의 그 어떤 귀족이 자신의 집사를 위해

화상입은 손으로 벽을 타고 오를 것인가?

8우주의 그 누가 자기 수하를 위해

지뢰밭을 맨몸으로 가로질러 올 수 있을 것인가?

정신이 들었을 때, 생존 사실보다 놀랐던 건

내 옷에 묻은 백작님의 피와 살점들!

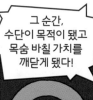

그 순간, 수단이 목적이 됐고 목숨 바칠 가치를 깨닫게 됐다!

이것이 엘가의 상징이 돼버린 피의 유대!

여러분들의 새로운 선택은 말하고 있다!

이 8우주의 진정한 주인이 누구인지!

여러분들의 자격이 그것을 입증하고 있는 것이다!

엘가는 위대한 영웅들에게 선택 받았다!

동시에 8우주의 진짜 주인은 우주 최강의 하이퍼 쿵 전사들을 선택했다!

이제 여러분들은 백경대라는 낡고 거짓된 이름을 벗어던지고

8우주의 새로운 질서를 만드는 엘가의 백전사들로 다시 태어나는 것이다!

엘가의 여러분들이 엘가의 백전사들이

이 우주의 질서다!

환영한다!

형제들이여!

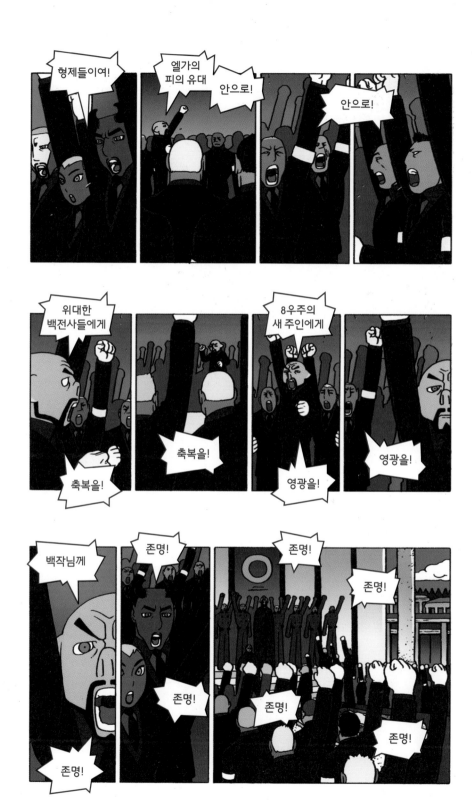

그래, 일단은 여기서 살아 나가기만 하면

인생역전이다.

여기 냉장고 안엔 돈 될 물건들이 넘쳐.

평생 약값은 걱정 안 해도 될 만큼…

그렇게 생각하니까 힘이 난다.

기운 차려서 어서 열쇠를…

쩝 쩝

그만! 오늘 작업은 여기까지!

우웅

우웅

나온 박스까지만 행성 간 이동으로 옮기고 문 잠가!

슈슉

태궁 제3기지가 거의 다 차 갑니다.

응, 엄청난 양이야. 행성이라도 사겠어.

참, 교차공간이 백경대 오비들에게 뚫렸대요.

쿵

맙소사, 그게 평의회 보안 수준이란 말야? 하여튼 그것들 입만 살아서…

슈슉

!

저게… 콴의 냉장고냐?

그렇긴 한데… 당신 뭐야?

아, 드레스 타입이… 혹시 백경대?

아니.

난 백경대가 아니라

오늘부터는 백전사야.

텅 텅

!

텅

텅

허억…!

가래떡…

텅

……

……

뭐야, 이게 무슨 소리야?

텅

텅

……

……

점점… 다가오고 있어.

방금… 무슨 일이 있었던 거지?

뿔 달린 빨간 놈이 개인 용무라면서 문을 열고 들어갔어요.

텅

텅

텅

텅

텅

쿵

쿵

……

그럼… 아까 문이 덜 닫힌 상태였나?

츠르르

네, 분명히. 총무주교께서 보내주신 열쇠가 무안해질

그런 일은 일어나지 않을 테니까요.

츠르르

그래, 역시 그랬겠지. 이젠 확실히 닫혔어.

우리가 다시 열 때까지는 절대 못 나와.

건방진 자식, 감히 백사회 하이퍼들 앞에서…

백전사? 그건 또 뭐야? 하여간 개나 소나…

157

부… 분명히 엘의 다섯 손가락 중 하나! 그것도 최악의…

설마 날 잡으러 이곳까지…?

아마도… 너인 것 같군.

총 치워. 널 해치려는 게 아냐. 전할 게 있어.

데바림 수장의 전언이다.

…?

……

미라이…?

미라이가 아론 영감에게…

영감 말이 그 물건은 보안상 반드시

여기 사물 큉 내부에서 전달해야 한댔어. 기억을 읽는 녀석들도

이곳에서 있었던 일은 알 수 없으니까.

양자 공진기라는 물건이야.

이런 걸 내게 왜…?

너와 네 동료들이 꾸미는 탈출 계획이

데바림들의 인과율과 교차하기 때문이라더군.

그 물건은 두 명을 타깃으로 한대.

첫 번째는 바로 너 자신.

너희 치환 능력자들은 두개골 어딘가에 물건을 숨긴다며?

여기서 나가기 전에 공진기를 거기 숨기래.

데바림들이 엘 놈에게 신변을 의탁했다고?

엘 놈?

이 노예 놈 입이 완전히 걸레네.

백작님 호칭 똑바로 안 하면 여기 남겨둔다.

노예 아니라니까. 난 백작님과 같은 자유민!

나갈 거야. 어서 그 물건 네 두개골에 집어넣어.

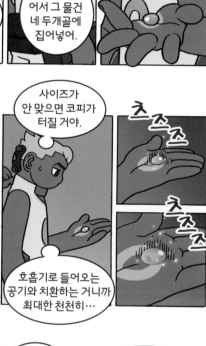

……

믿고 말고 할 것 없다.

아론 영감의 말대로라면 당장 기술 쓰는 데는 별문제 없는 거야.

꾹 '꾹

우리가 두개골에서 주로 쓰는 곳은 코곁굴 중 위턱굴…

이 꼬마 몸에서는 처음 시도해보는데…

사이즈가 안 맞으면 코피가 터질 거야.

호흡기로 들어오는 공기와 치환하는 거니까 최대한 천천히…

츠즈즈

츠즈즈

……

츠즈즈

아, 참!

얘기하다 말았네.

그래서 그 공진기를 써야 할

두 번째 타깃은…

161

예, 알겠습니다.

네, 그럼…

내일부터는 박스를 태궁 태평원 지하로 옮기랍니다.

ㄲㅇ

태평원 지하?

드디어 우리에게도 그곳이 공개 되는 거야?

!

끼익

......

......

......

쿵

......

슈슉

......

......

그래, 일단은 내가 살고 봐야지.

방금… 빨간 녀석이 아이와 함께 문을 열고 나왔지?

끄응… 치환은 잘된 건가? 한쪽 코가 답답해.

그나저나… 기억을 읽는 큥들도 냉장고 안에서의 일은 알 수가 없다니?

두 사람… 열쇠를 가지고 있으니 살아 있다면 어떻게든 나올 거야.

아, 우리처럼 열쇠를 가진 거군요. 근데 저 꼬만 누구…?

……

사물 큥의 속성이 전부 그런 건 아닐 텐데…

안 돼! 내가 안에서 봤던 것들 전부 이미지로

실버퀵 큥들과 공유해야 돼!

충분히 폭동을 일으킬 이슈라고!

그 전에 난 칼벤에서 미라이가 만들었다는 가래떡 치는 무기를…

……

일단은 셀에게…

이봐, 꼬마!

응? 그 복장은…

스으

텅

퉁 퉁

텅 텅 텅

텅 텅

먹을 거나
당장 챙길 것들을
넣고 다닐 만한…

……

오케이!

……

다음 박스까지는
아직 한참이네.

%!$#@…

@%く&#$%+&!!!

!

행성 네카르,
호조 후작

네, 후작님.
교차공간 테러가
발생해

평의회에서
복구비용 요청이
있었습니다.
하여…

하여간
문제만 생기면
고산가에 손을
벌리는군요.

저희에게서
빌려 가신 돈의
5%를

현금으로 돌려
주셨으면 합니다.

예?
현금으로요?

회계사님,
제게 그런 큰돈이
어딨습니까? 이자만도
버거운데.

……

…라고 하시지만 이번 달에도 퀑 딜러들에게서

10여 명의 하이퍼 퀑들을 영입하셨네요. 그것도 고산가에 지원했던.

후작님의 사업장 크기로 보자면 지나치게 큰 자경대가 아닌가요?

10분의 1로 축소하셔도 영업엔 크게 지장이 없으실 것 같은데…

이건 마치…

고산가와의 무력 충돌을 준비하고 있는 것처럼 보이네요.

딱

네, 주인님!

이 자식!

퍽

어쨌길래 고산가 회계사님 입에서

퍽

퍽

저런 얼토당토않은 말씀이 나오는 건데?

내가 뒷구멍으로 기어 들어오는 거지 퀑 놈들

퍽

퍽

받아주지 말랬지? 오해 사잖아! 그런 돈 아껴서 빚을 갚으란 말이야!

후작님, 그렇게 맞는다고 아플 것 같진 않아요.

의도는 알겠습니다만 진정하시고요. 이야기 마무리하고 가겠습니다.

이거 정말 면목 없네요.

전부 제 잘못입니다. 그런 어처구니 없는 의심을 사다니…

5% 현금 지급은 현재 후작님 비즈니스에 타격을 주지 않는 범위라고

저희 감사에서 나왔던 결과로 판단했습니다.

165

과하다면 근거를
제시해주세요.

네카르 축제가
끝나는 다음 달 초까지
정산해주십쇼.

그럼 이만…

슈슉

……

푹

……

……

네가 고산가에
전부 일러바쳤지?
이 고산가의 개
같은 놈…

주… 주인님!

……

괜찮아.
나도 고산가의
개거든. 까라면
까는.

주인이 개니까
너도…

크아! 고산
이 개자식은 대체
어디까지 파고든
거야?

……

돈? 좋아!
그래, 달라는 대로
줄게!

지금 당장
사업장 맨 밑바닥까지
죽도록 쪼아서

현금 마련해!

주인님, 축제 준비로
최근에 바짝 한 번 쪼은
상태라 그렇게
하시면

주인님께 상당한
반발심만 생길 텐데요.

나한테? 어째서?

돈 내놓으라는 건
고산인데 내가 욕을
왜 먹어?

저항하는 놈들은
찍소리 못하게
다 찍어 눌러!

그리고
사실대로 전하란
말이야!

이 모든 게
자칭 8우주의
주인이신

고산 공작님의
존귀하신 명이라고!

166

네, 주인님.

수고했어.
준비하느라 고생
많았겠더군.
그런데…

불안하십니까?

응, 많이…

8우주를
대상으로 고산가에
대놓고 선전포고
하는 꼴이니까.

카인 녀석은
비공식 회합에서

종단
총무 주교에게
눌렀다며?
이래서야…

눌린 건
주교 쪽입니다.

당황해서
도련님께 숙제를
떠넘겼을 뿐.

저 역시
처음엔 무모하다고
여겼습니다만

곱씹을수록
선명하게 보이는 건

도련님의 오판이
아니라 늙고 쇠약해진
제 가슴이었습니다.

하즈…

차마
그 누구도 생각
못했던 과감한
방법으로

8우주 주인의
자리를 찾아가고
계십니다.

이제 주인님께서
하셔야 할 일은 후계자를
전폭적으로

지지하고 응원하시는
겁니다.

도련님의 방식대로
고산가와의 전쟁을
시작하겠습니다.

그리고 반드시
승리하겠습니다.

167

그럼…

네, 방문 가능하신 때를 말씀해 주시면 저희가 맞추겠습니다.

하즈 님께서 고산가분들이 조금도 불편해하지 않으시도록

최선을 다하라고 지시하셨습니다.

배려 감사합니다.

네, 윗분께 여쭤고 이따 오후에 말씀 드리겠습니다.

그래, 매장들 현황은?

다행히 백경대원들의 견제로 종단 사제들의 테러는 잦아들었습니다. 그런데…

피로를 호소하는 백경대원들이 늘고 있습니다. 그도 그럴 것이

매일 대원 1인당 평균 100여 개의 매장을 둘러보며 지키고 있는 데다

이번에 회계팀의 요청까지 더해져 업무가 상당히 과중…

응, 그럴 거야.

종단 측에 강하게 어필하고 있으니

조금만 더 버티라고 해.

!

그래, 날짜 잘 맞춰보고 너무 늦지 않게 다녀와.

엘가에 전할 메시지 꼼꼼히 체크하고…

참, 사들인 구 백경대를 이제 뭐라 부른다고?

백전사라고 한답니다.

백전사…? 급조된 느낌이네. 뭔가 서두르는 것 같은데…

장례식 이후 바로 오리엔테이션으로 연결됐다네요.

한 손에는 화평의 메시지를.

공작님 피격 소식 영향일까요? 특별한 견제 조치는…?

데바림들이 몰려가는 바람에 8우주 귀족들의 시선이 엘가로 몰려 있어.

엘가도 교차공간 복구비용 분담 문제로 평의회에 쪼이겠군.

다른 한 손으론 전쟁 준비라…

정황상 마땅치가 않아. 무엇보다 명분도 없고…

자신들의 명예가 실추되는 경솔한 짓은 하지 않을 거야.

이거… 분담금 액수 같은 걸로 경쟁하게 되려나?

수고 많으십니다.

무슨 일 입니까?

저희가 만든 건데 좀 드셔보시라고…

미안하지만 근무 중엔 안 됩니다.

실은…

제 오랜 친구가 그 방에 있다는 얘길 우연히 들었습니다.

잠시 인사만 나누겠습니다.

아주 잠깐이면 됩니다.

도와주십쇼.

……

이봐, 날세.

이 자식! 너 내게 결국

가이린이 엘 부자 놈들에게 유린당하는 사실을 확인시켜주려는 거였어?

!

그래서 나한테 신변 노출시켜서 여기 붙잡혀 오라고 했던 거냐고?

진정하시게, 친구여. 아무렴!

다시 말하지만 앞으로 자네의 도움이 절실할 것이기 때문이야.

우리와 함께 움직여주시게, 하아켄!

네?

응, 평의회로부터 교차공간 복구비 분담 요청이 들어와서. 하여간 그것들…

하즈 님께선 외행성에서 받을 부채의 일부로 충당하라셔.

그 때문에 미뤄지고 있던 매니저들 외행성 파견 근무가

오늘 바로 시작됐다. 너희 둘, 마음의 부담은 이제 없어도 돼.

하여 아인 넌 오늘부터 우리에게 빚지고 있는

네카르 귀족들을 직접 찾아다녀.

그럼 마빈 선배는요?

그 자식은 방에 처박혀서 후골 남작에 대한 감사를 마무리 해야지.

이건 네가 찾아다녀야 할 채무자 명단…

여기 적어놓은 각각의 액수는 꼭 채워 와라.

아인과 마빈, 이제 너희는 우라노 복귀 전까지

함께 놀 만한 시간은 없는 거야. 각자 엄청 바쁠 테니까.

우왓! 감사합니다!

이렇게나 많이 빌려주시다니…

별말씀을요. 당연한 도리죠.

진작 말씀해 주시지. 저희는 엘가의 매니저님들이

이곳에 일만 하러 오신 줄 알고…

오늘부터 저희가 책임지겠습니다.

네카르의 숨겨진 낮과 밤을 모두 보여 드리죠.

아… 아닙니다, 남작님. 향응을 제공 받은 사실이 드러나면

바로 해고됩니다. 봐주시죠.

반드시 개인 지출이어야 해서요. 그러니…

괜찮은 가게들이나 소개를 좀…

알겠습니다, 매니저님. 대신 돈은 얼마든지 쓰시고

필요하신 만큼 언제든 말씀만 주세요.

10분의 1 가격으로 10배의 퀄리티를

만끽하실 수 있게 조치하겠습니다.

남작님, 최고!

후우우우…

하늘이 돕는군.

이번 감사로 우리 집안 완전히 거덜나는 줄로만 알았는데…

엘가 매니저들 중에도 저런 헐렁이가 있다니…

녀석을 완전히 구워삶아.

아무래도…
우리가 엘가에 지원서
냈던 걸 고산가에서
알고 있는 눈치지?

작은 어르신…
그 대머리 애꾸눈 반응
기억 안 나?

엘가에 팔리지도
못해 소집령에 응한
주제에

입만 살아서
나불댄다는 경멸에 찬
표정…

후우우…

쿵 딜러 놈들한테선
연락 없고?

단 한 놈도.

제장할!
어쩌다 이런 꼴이
된 건지…

하긴…
너 같으면 우릴
사겠냐?

왜? 우리가
어때서?

나이 많지,
지병 많고, 불만 가득…
뭐 하나 모자란 게
없다고!

프흐흐흐흐…

게다가 엄청난
도박 빚까지!

완전 쩔지!

……

파견지에선
재계약 의사가 전혀
없다는데 이제
어쩌냐?

팅

!

어? 엘가로부터
답변이다!

!

!

이게 저희가 드리는 답입니다.

......

답변도 가져오셨던 문제만큼이나 거칠군요.

종단의 백사회와

저희 엘의 붉은 늑대와 백전사라면

물리적으로 충분히 백경대를 압도하고도 남습니다.

무엇보다 지금 평의회는 교차공간 테러 사후 처리로 꼼짝없이 묶여 있고요.

데바림들이 저희에게 온 이유가 충분히 설명되는 상황 아닙니까?

태모님이 주신 기회죠. 이제...

이제 우리의 사업 파트너가 바뀌는군.

틱

데바림... 흥! 그것들이 예지하는 미래 따위... 내 손바닥 안에서 이미 다 끝난 얘기야.

끄아아압... 이렇게 고산가 라인과

엘가의 인맥들까지 모조리 삼키는 거다.

8우주 곳곳에 태모의 숨결이 뻗는 거야.

이제부터 종단은 엘가와 공동운명체 로군요.

태모님의 가호를 나눠주셔서 영광입니다.

말씀하신 계획들이 성공 하려면

당장 내일부터라도 움직여야겠군요.

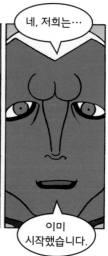

네, 저희는...

이미 시작했습니다.

야! 추행이라니!

네가 분명히 얘기했잖아! 아무 일 없었다고!

응, 근데… 추행당했다고 얘기하랬어.

대체 누가? 그따위…

주인이…

주인이? 주인이 왜?

호조 후작 때문에 이렇게 해야 한댔어.

자세한 건 나도 몰라.

호조 후작?

호조…

틱 틱

……

엘가 라인은 아니네요.

냐항!

주인님!

너 어디야?

본부요.

본부? 야, 너 지금 날 버리고…

아, 그게 사정이 생겨서…

다행히 우리가 사용 중인 공간에 있던 건 아니네요.

뭔 택배 심부름을 헬게이트 내부까지…

우리 일이랑 겹치지 않으니 딱히…

응, 게다가 실버퀵 소속… 붙잡아둘 필요 없지 뭐. 이제 좀 쉬자고.

이 자식아, 알았으니까 닥치고 당장 데리러 와.

냐하냐! 바로 보고하고 모시러 갈게요.

티

OFF

……

뭐야, 임마!

잠시만! 잠깐이면 돼.

열 센다. 하나, 둘…

금방 올게!

액상 탄약…

혹시 몰라. 몇 개 챙겨가자.

……

……

젠장! 접착제로 붙을 물건이 아니잖아!

타

……

츠 츠

므 스 드

좋아, 옛정을 생각해서…

……

그래, 칼번에서 봤던 바로 그 녀석이야.

자기가 다이크라고?

자요, 마스크. 마이크 기능은 정상…

응? 아직까지 보고 계셨네.

처음엔 저도 많이 놀랐어요.

자신이 다이크라며 저와의 개인적인 기억들을 읊어댔죠.

기억을 읽거나 누군가에게 기억이 투사된 게 아니어서 믿지 않을 수가 없었어요.

아이 몸에 갇히게 된 시점이나 배경에 대해선 설명은 하는데…

오락가락 해요. 결국 본인도 정확히 아는 건 아닌 듯.

회로가 다소 뒤엉킨 느낌입니다.

지금은 저도 적응이 돼 서로 위화감 없이 지내고 있어요.

아, 녀석의 안드로이드가 방금 연락받았다는데

이제 곧 복귀한답니다.

엉클이 여기 있다는 걸 알면 깜짝 놀랄 거예요.

……

두 사람이 엘가에 낸 지원서에 우리가

오케이 사인을 망설이는 이유가 뭐라고 생각하나?

허심탄회하게 얘기해보게.

......

역시… 나이 문제가…

그 나이에 아직도 백경대 생활을 할 수 있다는 건

자네들이 육체적인 자기관리를 잘해왔다는 증거 아닌가?

......

그럼… 젊은 친구들과 같은 몸값을 요구해서…

백경대의 명성을 만든 장본인들인데 몸값이라면 더 받아야지.

이유를 모르겠나?

......

......

저… 저희 사생활 문제였군요.

저희도 도박 빚이 이런 수준에 이를 줄은…

도박 빚? 허허허허…

그건 그동안 자네들이 얼마나 외로웠는지를 말할 뿐이야.

......

주인에게 버림 받은 채 타지에서 누구 한 사람 마음 터놓고

얘기하고 들어줄 상대가 없었으니 그런 것에 몰두한 것이지.

제아무리 이 우주를 누비는 최강의 하이퍼 쿵일지라도

마음만은 따뜻한 소통이 필요한 인간인 거라고.

그러니 도박 빚은 아무것도 아니야.

좋아, 말이 나온 김에 그딴 거 내 당장 없애주지.

예?

티잉!

178

이게…
자네들 앞으로 붙은
채무들이구먼.

자, 모두
탕감됐네.

가… 감사합니다!

우리가 결정을
망설이는 진짜 이유는

고산가에 대한
자네들의 충성심
때문이야.

다른 젊은 친구들과
달리 그동안 자네들이
지켜온 그 고귀한
미덕을

우리가 돈을
2배로 준다고 살 수
있을지… 그 점이
걸렸던 거야.

……

우린 고산가의
대안이 되고 싶지
않네.

고산에게
무시당했던…
자네들이 지켜왔던
그 마음을 얻고
싶은 거야.

그 충정을
우리 엘가에 줄 수
있겠나?

우릴 새 주인으로
받아줄 수 있겠냔
말일세.

그렇게만
해준다면

우리 엘가에서
자네들이 받는 대우와
혜택들을

모든 8우주
하이퍼 전투 퀑들의 꿈으로
만들겠네.

도와주시게.

181

셋째, 도박!

오, 맙소사! 도박이라니… 그런 멘탈로 누굴 지켜?

마지막으로… 받게 될 대가를 얘기했더니 다짜고짜 충성이래.

돈만 더 받을 수 있다면 언제든 우릴 배신할 놈들… 최악이지.

그…그럼 하즈 님의 의중을 간파했을지도 모를 놈들에게

그런 일을 맡겨도 되는 건가요?

선택의 여지가 없는 것들이야.

우린 그것들의 혹시나 하는 실오라기 같은 희망을 이용하는 거고…

……

그…

그런데… 말씀하신 세 번째, 네 번째 항목은

다른 백전사들도 해당되는 거… 아닙니까?

응, 백전사… 구 백경대는 최고였지. 하지만 고산에게 버림받은 이후

그들은 이 8우주에서 가장 위험한 쓰레기들이 돼버렸어.

우리에게 올 때 이미 마음속 충정은 사라진 자들이야.

그… 그럼… 도대체 그런 그들을 사들인 마당에 뭘 어쩌시려고요?

8우주 새 주인인 엘가 최강의 경호대라면

처음부터 우리 룰에 길들여진 자들로 구성돼야 해.

백전사는 다시 뽑는다. 우선 그 전에…

이번 전쟁으로 엘가에 대한 잠재적 위협을 모두 치워야지.

지금의 백전사와 고산의 백경대를

서로 공멸하게 만들 거야.

183

지금 본부 상황 복잡하니까

쓸데없이 지체하지 말고 수동 항법으로 빨리 복귀해!

후우우우··· 총과 탄약은 일단 숨겼다.

주인님?

응?

저녁은 미트볼로 부탁해요.

······

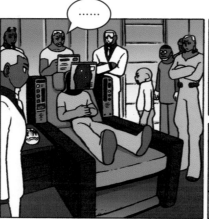

······

······

······

백작··· 님 얼굴에 박힌 탄두···

거기에 썼던 진동수 기록이 아직 남아 있소. 이 수치대로···

하아켄, 다시 말하지만 무사히 성공하면

그간의 여죄는 묻지 않고 바로 자유민이 되는 겁니다.

알겠소···

하··· 하즈, 내 손을 잡아줘.

웃!

......

나쁘지 않아. 종단과 엘가의 공식 회동…

보도 자료로써 깔끔하게 잘 정리된 것 같군.

엘가로 보내 수정 사항 점검하고

동의하는 즉시 종단 통신을 통해

8우주의 모든 언론사에 뿌리도록 해.

네, 총무님! 그리고…

찾았습니다.

최근 실버퀵의 수집 대상이었더군요.

그래? 이 녀석이 평의회에 실버퀵 내사 의뢰한 사실은 알고?

거기까진…

그럼 그곳 사제들을 시켜 내사 의뢰 목적을 취조하라고 해.

꽤나… 신경 쓰이는 놈이야.

어쩌면 란에게 도움을 받아야 할지도…

응? 응? 궁금하지?

엄청 궁금하지?

이 개자식, 기분 같아선 당장…

저거 봐! 저 궁금해 미칠 것 같은 표정…

여자도 아니고 남자라며?

남자 중엔 만나서 딱히 반가울 인간은 없다고!

나 역시 그렇긴 한데

이 무쇠돌이를 알아봐주시는 양반 만큼은 반갑더군.

......

이제 어떡하지?

남작한테 도와달라고 해야죠.

돈까지 빌린 마당에 염치없이…

저기…

그럼 이왕 이렇게 된 거 그냥 여기까지만…

도움을 구하자!

네에.

어디야?

네, 주인님.

경찰이 허탕 쳤다던데?

그 사람들… 펜션에 없길래 지금 밖으로 나와 찾아보고 있어요.

그래? 알았어. 발견하는 대로 바로 연락해.

어이쿠, 그런 말도 안 되는 일이…

알겠습니다. 걱정 마세요. 저희가 당장 해결…

뭐?

호조 후작?

이런 젠장! 하필이면 후작 놈 패거리들과 일이 엮인 거야?

그것들… 자기네가 유리하다 싶으면 끝까지 물고 늘어진다고.

호조, 그 하이에나 같은… 아, 정말 상대하고 싶지 않아.

빌어먹을! 일이 꼬이려는 걸까?

어…쩌죠?

할 수 없지 뭐. 파산을 막으려면.

직접 가서 최대한 덜 엮이는 조건으로 말이라도 꺼내봐.

......

엘가의 매니저라고?

190

네, 후작님. 사소한 오해가 생겨서 몹시 난처한 상황인데…

이런 문제를 해결해줄 덕을 갖춘 분은 역시 후작님밖에는…

내가 왜 너흴 도와야 하는 건데?

이… 이번 건에 작은 은혜를 베풀어 주신다면 저희가…

너희가 뭘? 용건 있으면 너희 주인한테 직접 오라고 해.

아, 이번 일은 남작님과는 전혀 관계가 없습…

이 쥐새끼가 부탁할 일이 있으면 공손하기라도 하든가…

싸가지 없게 달랑 너 같은 수하를 보내 내게 말을 걸어?

언제가 기회가 생기면 버르장머리 고쳐놓으려 했는데 잘됐어.

잘 들어. 뒤집 매니저든 죗값은 치뤄야지. 경찰이 놓치면 내 경호대를 동원할 거야.

만일 너희나 너희와 이해관계에 있는 그 누군가가 그놈을 숨기거나 도왔다가는

나에 대한 정면 도전이라고 판단해서

내 쿵 경호대를 소집할 거야. 너희 전부 쓸어 버릴 거라고. 알겠어?

허억…

예?

정말… 혼자서도 괜찮겠어요?

남작이 바로 해결해 준댔으니까…

그래봐야 날 어딘가 처박아두고 감사 일 마무리나 시키려들겠지…

염병할! 우리의 축제는 끝났구먼.

일하는 흔적은 남겨야 하잖아. 어서 출발해.

정 급한 일 생기면 바로 호출하세요. 하긴 뭐…

응, 수고!

……

191

그 엘가의 매니저 놈 말이야…

가뜩이나 긴장이 고조되는 두 집안에 어쩌면 결정적인…

역시 그렇겠지?

그래, 방금 말이야.

그 잘난 고산 놈을 제대로 엿먹일 방법이 떠올랐어.

우리가 고산의 명령을 따르다가 실수로 놈이 죽게 되면 어떻게 되는 거지?

타닥

뉴스…

작은 어르신!

보고 있어.

엘가와 종단의 협력이라… 다른 파트너들을 견제할 목적으로

협력 내용까지 명시해서 발표를 했더군.

엘가의 사업 확장 때마다 생기던 종단과의 충돌은 앞으론 없겠군.

……

이거 은근히 아쉬운걸.

여기…

공식 회동 조건에 재미난 항목이 있군.

엘가로 전향한 데바림들의 요구를

종단에서 수용한 항목이 눈에 띄어.

데바림들의 실종 사건이 종단 소행이라는 의구심을 떨쳐내기 위해

엘가 대표단과 함께 데바림 일족 전체를 초대한다는군.

이것만으로도 8 우주의 빅 이슈!

……

192

이대로… 보고만 계실 건가요?

가만있지 않으면… 우리가 뭘 어쩌겠어?

그래, 메이헨! 내일 아침에 엘가행이랬지?

방문하거든 종단과의 화친을 우리도 환영한다고 전해.

서로 돕고 협력해서

이 8우주의 평화와 안정을 계속 지켜나가자고 말이야.

잘 다녀와.

아… 네.

후작…

이 깡패 자식! 예상보다 훨씬 격한 반응이네.

잡히면 경찰에 결백을 주장해도 소용없어.

기억 읽는 큉 조사관도 후작 라인이니…

좋아. 이왕 이렇게 된 거 감사 일을 유치장에서 마무리하게 하자고.

갇힌 채 편의 제공을 조건으로 우리가 원하는 결과를 얻는 거야.

그래, 오히려 잘됐어.

그 편이 가장 싸게 먹혀.

예?

그… 그러니까 후작님을 만나 봤는데요.

범법엔 대단히 단호한 입장이신지라…

이렇게 하시죠. 일단 경찰서에 가셔서 사실대로 말씀하시고 잠시 거기서…

그놈들 아직도 못 찾았다고?

네…

젠장할! 낌새를 채고 튄 거야.

알았어. 그만 찾고 일할 준비해서 저녁에 나와.

193

꾸아아, 뭐야? 당장 해결해줄 것처럼 굴더니…

능력이 안 되면 말이나 말든가!

결백 입증 때까지 유치장?

속 보여, 이 녀석들! 붙잡히면 어떻게 진행될지 뻔해!

하필 유흥비 결제를 내 이름으로 했으니 어딜 가도 내 신상이…

아, 어떡해! 갈 곳이 없어! 이러다 결국…

갈 곳이 없어?

그럼… 우리 집 갈래?

내가 너네 집엘 왜 가? 안 그래도 너 땜에 일이 꼬였는데!

하렘이나 되면 모를까…

우리 집에 예쁜 언니들 엄청 많은데…

네?

……

하아켄?

저희가 사절단으로 종단에 가는 것은

저희 의사와는 무관한 것이니 경호 인력만큼은 저희 요구를…

그건… 곤란합니다.

가슴에 적대감을 품은 변수를 우리 일정에 넣을 순 없어요.

무엇보다 여러분의 안전을 장담 못합니다.

어차피 저희 안전에 초점을 맞춘 진행은 아니잖습니까?

하즈 님의 다음 계획 때까지 고산가에서 얌전히 머물겠습니다.

그러니 저희 신변만큼은 저희가 지킬 수 있도록 배려해주시죠.

……

고산가에 머물게 된다는 건…

예지몽을 통해 알게 된 겁니까?

그렇습니다.

……

절 가르친 스승님은 여러분과 같은 데바림 이셨습니다.

!

그분의 주된 가르침은 역사를 알고 그걸 바탕으로 현재의 현상들을 이해하면

미래를 예측하고 준비할 수 있다는 것이었죠.

제자 중에는 그분의 아드님도 있었습니다.

우린 서로에게 둘도 없는 친구 였습니다.

어느 날, 스승님의 심부름이 있었어요.

시장에 가서 주문한 걸 받아 오는 일이었습니다.

195

두부였죠.

그리고 얼마 뒤

친구의 영정 앞에서

깊은 회의가 들었습니다.

바꿀 수 없는 미래를 안다는 건

과연 무슨 의미가 있는 거지?

여러분들이 본다는 미래가 정말 가치 있는 거라면

주장하는 대로, 그래서 늘 거기에 맞는 준비를 하고 있는 거라면

이미 오래 전 이 8우주의 주인이 돼 있어야 하는 것 아닌가?

명쾌한 답을 듣지 못해 전 스승을 떠났습니다.

이후 전 의지대로 제 삶을 이끌어 왔고

그 결과 이렇게 여러분들을 보살피는 입장이 됐습니다.

데바림 여러분을 존경하지만

말씀하시는 미래에 제가 별다른 가치를 두지 않는 이유입니다.

제가 아론 님의 요청을 받아들이면

여러분들의 마음이 편해지는 만큼 저는 불편해질 것이고

요청을 거절한다면

그 반대가 되겠지요.

아론님이 저라면 이런 불안한 요청을 수용하시겠습니까?

어떤 선택이든 같은 미래를 향한 것이라면

전 제 의지가 반영된, 예측 가능한 경우를 택할 수밖에요.

여러분들 신변 보호에 최선을 다하겠습니다.

하아켄 씨는 이번 사절단에 포함시킬 수 없습니다.

제 입장을 이해해주십시오. 죄송합니다.

뜻밖이군.
쉽게 동의해줄 줄
알았는데…

우리한테
휘둘릴 걸 경계하는
걸까?

어쩌지…?

하아켄의 동행이
반드시 필요한데…

……
할 수 없다.

다소 분란이
일어나더라도…

……

하즈는
뭐랬는데?

하아켄 같은
적대감을 가진 변수는
불안하다며

저희 요청을
거절했습니다.

그럼 어쩔 수
없어. 안 되는
거야.

이번 일 마무리는
그 양반 몫이니까.

하지만
8우주의 주인이신
카인 님.

종단과의
협상에서 원하시는
조건을 이끌어내면

저희를
다시 이곳으로
데려올 거라고 약속
하셨잖습니까?

그 약속이
이뤄지려면 그의
능력이 반드시
필요합니다.

카인 님께
신변을 의탁한
저희가

엘가에 폐가 될
일을 만들 이유가
없잖습니까?

가이린의
아버지가 당신들을
돕는다?

결정적인
역할입니다.

종단 측에
카인 님의 계획이
거부감 없이
관철된 건

말씀드린
미래로 다가가고
있다는 명백한
증거입니다.

197

대단하지?

와! 놀랐어요!

뭐랄까…

마치 엄청나게 무거운 갑옷에 눌려 있던 힘이 해방돼…

뭐든지 할 수 있을 것만 같은 기분?

20대 초반의 활력이야.

그래, 우리 가이린과 함께 내 몸을 좀 더 테스트 해봐야겠어.

뭐? 엉클을 자기 손으로 죽였다고?

그런 소릴 잘도… 사연이야 다이크 놈을 만나면 알 일이고…

그러고 보니 엉클의 목소리…

헬멧 마이크를 통해 변조된 소리로만 들었어.

눈빛도… 나이 든 사람의 것은 아니었지.

젠장, 그럼 그놈은 대체 누구야?

엉클!

엉클!

사제분들이 데려갔어요.

응?

뭐야, 너…

나한테 얼마나 처맞았다고

이렇게 붕대를 칭칭 감고 있었던 거야? 응석이냐?

아니. 얼굴을 보이기엔 다소 꺼림칙한 녀석이

마침 이곳에 와 있길래.

너 칼번에서 실버퀵 내사를 평의회에 요청했다면서?

누구의 사주를 받은 거냐? 목적이 뭐야?

사주라니? 지극히 개인적인 용무였다고.

물론 너희들에게 말하고 싶진 않아.

퍽이나!

우린 널 인터뷰하는 게 아니야.

취조 중인 거다.

킥킥킥… 맞은 데 또 맞으니까

아주 돌아버릴 것 같네.

맞다 보면 제대로 돌아서

내 질문에 답을 하게 될 거야.

!

뭐야, 갑자기…

슈슈슈

!

끄아아…

이델!

네, 사형!

린들 사형이 취조 중이던 교육생에게 당했어.

네?

의무실로 가니까 네가 좀 맡아!

200

꽤 많지?

축제 시작 되면서 급증했어. 아는 사람 있을지도…

퉁
퉁
이잇…!

츳
츳

축제 기간 정신없는 틈을 노리는

너희 약삭빠른 쥐들 때문에

우린 종일 대기 중이라고.

남들 놀 때 못 노니까 약이 많이 올라.

티
티

퓻
퓻

슈
크아아아…

아, 흠집내면 장기 시장에서 가격 떨어진다니까.

슈
자… 자기야!

숙모!

천
컥

안 돼요! 아이는 건들지 마세요, 제발!

수

천
컥

넌 공중에 매달려 구경이나 해!

크아아아…
츠즈즈
콱
보자…

제법 귀엽게 생겼네. 좋아!

넌 말이야. 매달리기 전에

축제 내내 일만 하고 있는 우릴…

충분히 위로해 줘야겠어.

팅

후작님 정말 타이밍 너무하시네.

아, 뭐야! 하필이면 이런 순간에 소집령…

너희들 먼저 가 있어.

난 여기 일 마저 정리하고 따라갈게.

…같은 소리 그만하고 그 여자 어서 매달아.

호조 님 성격 몰라서 그래?

불호령 떨어지기 전에 당장 복귀 하자고!

꼬마야… 너 이름이 뭐랬지?

시타.

시타… 훌륭한 아이, 네게 신의 축복이 함께 할 거야.

그래, 시타가 남자를 데리고 왔다고? 무슨 사연인 거냐?

어업…

카네 님!

&%$@#*!{%$…

깜짝이야. 여기… 경호원 같은 건가 보군.

그나저나 네카르 미녀들은 모두 이곳에 있었구나.

축제 퍼레이드에서나 봤던…

응, 그래.

그리 위험해 보이진 않는군.

당신들 정말 질색이야. 늘 그런 식이라고.

미래로 사람들을 협박해 제 맘대로 갖고 놀지.

그게 당신들 생존 방식이라면 더 이상 할 말은 없어.

잘 들어요, 아론 선생!

당신들이 어떤 미래를 보았든 신경 안 써.

그 미래를 내 의지대로 바꿀 테니까.

사절단 구성 재조정하지 않으면

더 이상 우리가 얼굴 보는 일은 없을 것이오.

……

하즈!

팅

…주인님!

롯에게 날 하렘으로 데려가라고 전해.

여자가 필요해.

가이린 양 부르셨잖습니까?

주인님이 하렘에 들른 걸 알게 되면 무척 서운해할 텐데요.

그 아인…

ZZZ…

지금 녹초가 돼 깊이 잠들었어.

수술 이후 내 몸에 긍정적인 변화가 생기는 것 같아.

그것도 아주 빠른 속도로…

갇혀 있던 기운이 풀린 느낌이랄까?

주체하기 힘들어. 어딘가 풀지 않으면…

닥터를 부르겠습니다.

아니, 분명히 알 수 있어. 이건 닥터가 끼어들 일이 아니야.

무엇보다 이 기분을 만끽하고 싶어.

어서 롯을 대기시키고 가야에겐 가이린을 지키라고 해.

주… 주인님, 몸 상태에 대한 정확한 진단 없이

밖으로 도시는 건 대단히 위험…

아, 웬 잔소리가 그렇게 많아?

닥치고 당장 준비해!

……

네, 자연스러운 반응입니다.

사물 콩이라는 엄청난 압박을 몸이 견뎌내고 있었으니까요.

백작님의 몸은 무거운 갑옷에 갇혀 있다가

이제 해방된 셈이죠.

그럼… 몸 상태가 바뀌면 어떤 변화가 생기는 거지?

마음을 담는 그릇의 모양이 바뀌었습니다.

당연히 인격에도 변화가…

……

……

이봐, 무음 모드로 부탁해.

잠을 잘 수가 없잖아.

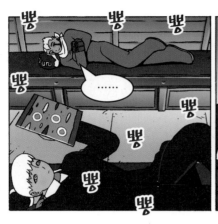

뿅 뿅 뿅

······

뿅

뿅

뿅

뿅

흥! 그런다고 내가 내사 요청 목적을

순순히 얘기할 것 같아?

훽

!

야, 흰머리! 너 내가 누군 줄 알고 등을 보이는 거야?

네 동료 손모가지 날아가는 거 못 봤어?

뿅

뿅

뿅

······

아, 시끄럽다고! 이 친구야!

관리자의 손목을 날려?

뿅

뿅

아직도 여기 분위기 파악이 안 되나 보네. 넌 독방에서 죽게 될 거야.

뭐, 독방? 또? 아… 안 돼!

네 감각이 자극 받을 수 있을 때 실컷 들어두란 말이야.

뿅

뿅

맞은 데 또 맞아봐! 그건 정당한 자기방어였다고!

뿅

뿅 뿅

······

그러니 시끄럽다고 배부른 소리 말고

그나마 이 소리가 그리워서 독방 속 우주가 온통 뿅뿅거릴 테니까.

제기랄! 연달아 독방이라니… 여긴 최소한의 인권도 없는 거냐?

조… 좋아!
이건 어때?

내사 요청 목적…
전부 털어놓을게.
기억 읽기로도 알기
힘든 대목까지!

이 정도면
거래할 만하잖아?

그러니 제발
독방 징벌만큼은
거둬줘.

됐어. 그딴 걸로
상쇄될 수 있을 것
같아?

그냥 독방에서
죄의식과 무의식 속
괴물에 파먹히다
죽어버려.

골칫거릴
다독일 만큼
여기 한가하지
않아.

……

무엇보다 내사
요청 이유 같은 거…
관심 없어.

누구에게나
사연은 있는
거니까.

정 급하면
네 사체에서 기억
읽어내면 돼.

싫어! 싫다고!
말할래!

내 사연을
듣고 나면 독방은
과하다고 공감할
테니까!

듣고 싶지
않다니까.

아무리
기구해도 독방은
못 피해.

뿅

뿅

뿅

……

후우우우…

……

8우주를
누비며…

뿅

뿅

뿅

여자를
찾고 있다.

빌어먹을!

치익

이제 몇 개
남았지…?

살금
살금

허억…

털썩

하아

하아

……

……

살살살

글글글

으아아아아…

퍼버벅

퍼버버버

꼬아아아아아…

……

……

너 지금 그걸 답이라고 듣고 와서 우리한테 얘기 하는 거냐?

네?

막내라고 오냐오냐했더니… 지금 장난해?

야, 재도 독방에 같이 집어넣어.

왜요? 난 그 친구가 진심 이라는 걸 바로 알겠던데…

얌마! 그게 지금 말이 돼?

세상에 어떤 미친놈이 여자 하날 찾으려고 이 우주를 헤매?

……

저 녀석 멍한 구석은 있어도 맹한 줄은 미처 몰랐네.

아, 그러니까 막내 휴가 좀 보내요.

갇혀만 있으니까 애가 맛이 가잖아.

야, 저 녀석 최근에 외행성 근무 다녀왔어!

팅,

아…

벌떡

그래요. 실버퀵 내사 요청 목적…

알아냈나요?

어서 오십시오. 환영합니다, 메이헨 님.

환대해주셔서 감사합니다, 하즈 님.

이건 화친의 의미를 담은 소박한 방문 선물입니다.

감사합니다.

213

이쪽으로 드시죠.

모리에게 잘 보관하라고 전하게.

네, 하즈 님.

……

그럼 제가 할 일은…

응.

확신할 순 없지만 아마도… 고산가에선 작은 소품 같은 걸

방문 선물로 준비할 거야.

공식적인 방문이니 의미를 담은 선물을

신중하게 골랐겠지.

고산가 실세들의 동의를 얻었을 것이고…

그 물건의 기억에서

고산가 리더가 머무는 장소를 확인해.

틱 틱

찾았다.

위치가 확인되는 대로

고산가와의 전쟁이 시작된다!

ZZZ···

ZZZ···

ZZZ···

후우우우···

이제야 잠들 수 있을 것 같군.

롯!

네, 백작님.

슈슉

ZZZ···

ZZZ···

......

가지.

......

슈슉

가이린은?

아직 자고 있습니다.

......

ZZZ···

그래, 두 사람 수고했어.

다음 호출 때까지 쉬도록 해.

네?

응! 분명히 엘 님은 엘 님인데 더 이상 엘 님이 아니야!

밤새 문 앞에서 대기하는 동안 정말 굉장한 소리들을 들었다고!

마치 지칠 줄 모르는 음악의 신이 여러 악기들을 동시에 연주하는 느낌 이랄까···

나도 이참에 여러 악기를···

지금 다루는 악기에 집중합시다!

215

귀염둥이!

으허억!

소파에서 잘 잤어?

저… 저기요!
몸 좀 가려주시면
안 될까요?

뭐야, 설마 너…

수줍은 거냐?
여자의 몸을 처음
보는 건 아니지?

이… 이건
수줍음의 문제가
아니잖아요!

아무리 제가
신세지는 입장
이라지만 최소한의
예의는…

내 방에서
내가 옷을 걸칠 게
아니라 네가 눈을
돌리면 되지
않겠어?

내 가슴
그만 좀 볼래?
누가 누구한테
예의라니?

하긴
이 아름다운 라인에서
눈 떼기 많이
힘들 듯.

잘못했습니다.
눈 내리깔게요.

카네 님!

텅

지… 지금
난리 났어요!

……

……

탁

제기랄!
독방행 앞둔
마당에

밥이 잘도
넘어가겠다.

217

독방 체벌은…

어떻게든 막아볼게.

뭐…?

다른 징벌로 대체할 테니까 마음 편히 식사 하시라고.

……

왜지? 독방은 피할 수 없다며?

……

그러게…

어서 들어. 식으면 굳…

참, 찾는 여자… 이름이 뭐랬지?

……

테이.

……

……

분명히 비상식적이긴 하지만…

거짓말을 하는 것 같진 않아.

좋아, 이 녀석 실버퀵에 전해서 특별 관리 대상에 포함시키라고 하고…

……

그래, 패트론들이 이곳에 몰리고 있다고?

방문하는 데바림들과 개인 면담이 가능 하다고 했더니…

놀랍군. 사업권 제안에도 꼼짝않던 인간들이…

하긴 데바림들이 보장된 미래처럼 보이겠지.

그리고 동시에…

이번 일로 엘가 쪽 사람들과 만남을 주선해 달라는

물밑 요청이 쇄도하고 있습니다.

데바림 효과가 기대 이상이군.

웃기지 않아? 8우주 곳곳에 영향력을 가지고

물리적으로 압도적인 힘을 가진 우리도 다루는 데 애를 먹는 패트론들이

고작 무명의 촌구석 행성 출신의 고집 센 난민 놈들에게

이토록 휘둘리다니…

그것은 어쩌면 이 우주의 진짜 주인이 누구냐는 질문에

오래전부터 종단이 끝까지 부정하고 싶었던 답변을

고스란히 드러내는 꼴이야.

물론 8우주의 진짜 주인은… 자격을 갖춘

우리가 돼야지!

퍼 억

도… 도대체…

갑자기 왜 이렇게까지 하는 겁니까?

너희가 빌려간 돈을 갑자기 받아내야 하는데

안 주겠다고 하니…

안 주는 게 아니라 못 드리는 거라니까요!

축제 시작된 지 이제 겨우…

엄청 당당하셔. 누가 들으면

내가 돈을 꾸려는 건 줄 알겠네.

꽉

모두 잘 들어! 이건 후작님의 뜻이 아니야!

호조 님은 너희에게 빚 독촉할 의사가 전혀 없으셨어!

이 모든 건 8우주의 주인이신 고산 공작님의 명령이다!

우린 그분의 뜻을 따를 뿐이라고!

너희가 빌려간 돈을 안 주는 건지 못 주는 건지는

바로 확인할 수 있는 방법이 있어!

꽉

꼬아아아악…

팔다리가 온전하려면 6시까지 돈을 가지고 와!

크흐으윽…

%$#@*&!!…

!

뭐야, 거기… 꼬마!

너 지금 우릴 찍고 있는 거냐?

……

시타, 위험했잖아.

이런 건 들키지 않게 잘 좀…

일 마치고 돌아오는 길에

여기저기서 이런 소동들이 있었어요.

경찰들은 불러도 오지 않고…

……

220

카네 님, 이러다 우리에게도…

우린 상관없어. 후작 놈에게 빚진 게 없으니까.

문제는 우리 공동체와 거래하는 그 상인들…

후작의 깡패들에게 밀리면 이곳으로 몰려들 거야.

그들을 외면할 수 없으니 결국…

후작과 충돌하는 형국이 될 텐데

그건 우리가 가장 피하고 싶은 상황이다.

치이잇!

이 빌어먹을 귀족 놈들!

8우주 서민들의 고혈을 짜내는 데 일말의 가책도 없어!

일단 콩 사도들을 불러 모아!

만일의 사태에 대비한다!

……

……

!

응?

응?

뭐야… 응? 이냐며 내게 굉장한 오이를 건넸어.

사달라는 건가?

아니면 내게 뭔가 묻는 거야?

쩍

아야!

시타가
데려왔댔지?

응? 으응…

저기… 붉은
대문까지가 자매회
영역이야.

아그니 자매회라면
어떤 종파 소속이야?

고엘 정교회…
그 많은 분파 중
하나.

아, 그럼
너희… 아니
당신들은
수녀?

아니. 이곳에
수녀는 카네 님
뿐이야.

카네? 그 몸짱
경호원?

하하하…
그래, 경호원
이기도 하시지.

우린
모두 그분의
보호를 받고
있으니.

그럼 나머지는?
수녀가 아니면…?

주로 남자를
상대하는 젊거나
어린 여자들…
이곳은 일종의
도피처야.

건강이나
안전 문제로 이곳에
머물러.

자급자족이
원칙이라 쉴 수는
없어.

그럼
시타도…?

물론! 네가
손님이었다면?

오해야. 근데…
그런 꼬마가 어떻게
그런 일을…?

뭐 수요가
있으니…

……

네카르의 삶은 거칠어. 특히 여자들에겐.

어른이고 아이고 어떻게든 자기 몫을 해내지 않으면…

그러는 넌 무슨 일을 하는데?

아, 일종의 회계사라고나 할까?

회계사? 그거 세금 계산하는 일이지?

뭐… 결국은 그렇지.

그래? 마침 잘됐다.

응?

이리 좀 따라와봐.

세금이 작년처럼 나오게 되면 공동체는 사실상 문을 닫아야 한다고…

수녀님 걱정이 태산이야.

한 푼이라도 더 떼가려고

이곳을 종교 시설로 인정 안 해준대.

그러게…

일반 농장으로 등록돼 있네.

농장 수익은 전액 이곳 일원들의 병원 치료비로 쓰이거든.

빌어먹을 의료 민영화로 개인 진료는 엄두가 안 나는 실정이야.

어때? 좀 도와줄 수 있겠어?

조건이 있어.

조건?

나 진심으로 수녀님과 같은 방 쓰고 싶지 않아.

탁

여기 있는 동안 독방을 쓰게 해줘.

223

……

그렇게 잘난 척 하더니…

……

!

나란 놈… 여기까지 였구나.

말하다 말고 갑자기 어딜 가?

……

너희 아버지…

용건 다 끝났어?

잘 모셔라.

뭐? 너희 아버지? 너 지금 나한테 반말했어?

……

할 말…?

거두어주시고 보살펴주셔서 감사했다고

어쭈구리? 감히 지금 나한테 통보하는 거야?

할 말 있으면 예를 갖춰서 내 얼굴 똑바로 보고 해!

그래, 그 누구도 거들떠보지 않던 거렁뱅이…

끝까지 곁에 있지 못해 죄송하다고 전해드려.

그럼 누가 매달려 붙잡을 줄 알고? 그래, 역할 끝났으면 자리 비워야지!

225

웅성 웅성 웅성

......

웅성

웅성

자동 항법 장치 고장으로 골드윙에 엄청난 배상금을 물게 됐다더니…

본부 분위기… 정신없네.

웅성

뭐?

사제들이 데려갔다고?

응, 이유는 모르겠어. 네 말 듣고 확인하러 가보니…

도대체 그놈 정체가 뭐야?

근데… 네 손에 엉클이 죽었다는 건 대체 무슨 소리야?

......

......

도와드렸어. 그건 기회 되면 얘기해줄게.

지금 당장 애플 멤버 다섯 정도 긴급 회합을 갖자.

우연히 일급 정보를 얻게 됐다.

그 다섯이 몇 명씩 맡아서 애플 멤버 전원에게 각자 알리는 걸로.

쑥 쑥

근데… 너랑 싸운 것처럼 보이는 저 엉성한 레게 머리는 뭐야?

너 빼고 모두 찬성한 애플의 새 멤버, 이름은…

새 멤버?

......

반가워, 신입. 악수나 하지.

어? 뭐야?

너 엘가의 노예 놈이었던 거냐?

말 조심해! 누가 누구 보고 노예라는 거야?

컥!

릴렉스! 릴렉스!

이거 봐! 이거 봐! 야, 내가 안 된댔지?

정말 이 꼬마가…

&@%$&!!!…

우라노의 그 다이크 놈이란 말이야?

그래…

엘가의 반응은?

어찌 고산가의 은혜 없이 지금의 엘가가 있을 수 있겠냐며…

후우욱…

후우욱…

그러고 보니…

메이헨은 큰아버지 곁에서 엘가와의 인연을 처음부터 봤겠군.

네, 엘 백작이 북경대국의 짚나이트 거래 독점권을 얻기 위해

태모신교의 성물인 죠슈아의 눈을 들고 왔던 때를 기억합니다.

수차례 거절에도 불구하고 집요하게 달라붙었죠.

결국 독점권을 허락할 만한 결정적인 거래 조건이…

응, 그 거래 현장엔 나도 있었지.

독점권을 주는 대신에 우리가 얻었던…

물론 그것은 결국 그만한 가치가 있는 것이었어.

227

행성 야나

교차공간 관리국

점심!

난 하나 더 줘!

쳇! 도시락 모양새하고는…

이게 말이 돼? 고작 이런 단백질 비누 같은…

8우주 전역에서 들어올 교차공간 복구 보조금이 얼만데…

이 친구야…

평의회 의원들 뒷주머니로 들어갈 돈이

우리에게까지 오겠어?

제장! 인생이 이런 줄 알았으면

진작에 정치판에 뛰어들었어야 하는 건데…

가만히 앉아서 내가 평생 벌 돈을 푼돈으로 벌고 있으니…

아, 됐어. 정치는 아무나 하는 줄 알아?

다들 이러쿵저러쿵 본인이 할 수 있을 것처럼 말들은 많아.

신이 기도를 듣고는 이렇게 말할걸.

원해? 줄게! 근데… 감당할 수 있겠어?

팅

!

뭐야, 갑자기 이 신호는?

삐

삐

오, 맙소사…

뭔가…

삐

삐

삐

뭔가 이 8우주로 넘어오고 있어!

229

가이린, 내가 지금 얼마나 기쁜지 넌 상상도…

팅

죄… 죄송합니다, 백작님. 급히…

이봐, 롯! 이런 사적인 타이밍에…

그게 무슨 소리야?

하즈가 떠나다니…?

우주 셔틀 터미널까지만 배웅해 달라더니

그동안 수고했다는 말과 함께 바로 우주 정거장으로…

도대체 무슨 일이야?

나한테는 일언반구도 없이…

팅 팅 팅 OFF

팅 팅

……

뭐야, 이 자식…

ㅋㅋㅇ

아니야…! 이럴 친구가 아니라고!

당장 종착지가 어딘지 확인해 와!

옛썰!

8우주로 뭐가 넘어와?

교차공간 보수공사 현장에 있던 우리 쪽 심복에게서 급한 전갈인데요.

오랜 기간 종단 일을 해왔던 사람이라

혹시나 하는 마음에 직통전화를 이용했다고…

대체 8우주로 뭐가 넘어왔길래?

현장에 도착했을 땐 이미 주변이 깨끗이 정리돼 있어서

무엇이 넘어왔는지 속단할 수는 없지만…

종단에 오래 근무하신 분들은 이 흔적을 보면 짚이는 게 있을 거라고…

아, 글쎄 뭐가 남아 있길래?

보시죠.

……

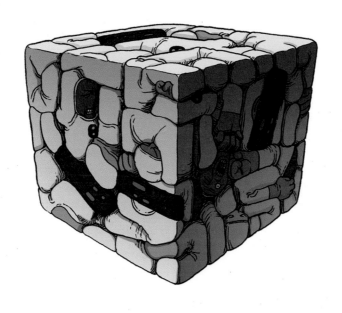

234

백사회 1급 경계령입니다!

작업을 멈추고 지금 즉시 전원 종단 감찰국으로 집결하라십니다.

감찰국? 뜬금없이… 무슨 일인데?

복구 중이던 교차공간을 통해 무언가 이곳으로 넘어왔다는데요.

그럼 그건 평의회가 해결할 문제 아니야?

그게… 총무 주교님 말씀으로는

종단이 지우고 싶은 기억과 관련된 것 같다고 하시네요.

만일의 경우를 대비하지 않으면 큰 재앙이 닥칠 거라고…

……

그 자식…

펜타곤 중에 엘의 노예가 있었지.

제트 놈 때문에 혹시나 해서

일부러 악수를 청했더니…

아직 확신할 수는 없지만…

하긴… 설사 펜타곤 멤버인들 지들이 지금 뭘 어쩌겠어.

날 엘에게 데려가려면 여기서 우선 벗어나야 해.

그래, 쓸모 있는 놈들이니 탈출하는 데 최대한 이용해먹자.

모른 척 시치미 떼고 있다가 여기서 나갈 때 먼저 치는 거야.

팅

!

적당히 모였으니 우리 게임이나 한판 할까?

9권 마침.

236